「きさまっ……
ついに本性を現したなっ！
この私が成敗してくれるっ！」
「い、いや、これは、
あの、手違いで……
凜さん、何か言ってよ」
「………私の口からは、何も申し上げられませんわ」

ユキ
天真爛漫でボーイッシュな
女の子。13歳。
ハルとは双子の姉妹。
ナツ
ユキ、ハルの姉で、
妹思いのツンデレっ娘。
15歳。
前田拓也
時空間移動能力を身につけた
男子高校生。

凛
ちょっと妖美な、
けれどしっかり者の
お姉様。18歳。
ハル
拓也をウルウルとした目で見つめる
控えめな美少女。13歳。
ユキとは双子の姉妹。
優
優しく、純情で
一途な美少女。16歳。

脱衣所に戻ろうと引き戸に手を掛けたとき……

俺は優に、後ろから抱きつかれた。

背中に、彼女の柔らかい胸の感触と、
暖かさを感じる。

「……また、足を滑らせたのかい？」

「……いいえ、私の意思です。お姉さんに言われたのでもなく、私の……迷惑、ですか？」

身売りっ娘

俺がまとめて面倒見ますっ！

エール
イラスト／幸餅きなこ

contents

第1章 身売り少女の争奪戦

第2章 移住の覚悟

第1章 身売り少女の争奪戦

第1話　幸せな一日

山々は茜色に染まっていた。

旧暦の八月二十三日。「中秋」も終盤にさしかかっている。

もう夕刻で、街灯など存在しないこの時代、日が落ちると、あたりは真っ暗になる。

しかし俺はそれよりも、「彼女たち」に会う時間が短くなってしまうことの方を懸念していた。

歩みを速めた甲斐があって、まだ日が残っているうちに彼女たちの「住みか」である、この地域では大きめの民家にたどり着いた。

門をくぐった先の庭では、初老の侍が少女二人となにやら話し込んでいた。

「おお、拓也殿、今日は帰ってこられたのですな」

俺に気づいた侍が、大きな声をかけてくる。

「おかえり、タクッ！」

「おかえりなさいませ、ご主人様っ！」

顔がそっくりな二人の少女が、揃って挨拶をしてくる。

この時代の標準的な「農民の娘」の姿だ。決して派手さはないが、その分、顔のかわいらしさが際だった。

彼女たちは双子なのだが、性格は正反対だ。

一人は「お雪」、雪の中でも走り回るんじゃないかと思うほど元気いっぱいだ。

俺は彼女のことを現代風に「ユキ」と呼んでいる。

もう一人は「お春」、春の陽気のようにほんわかした雰囲気を醸し出している。ちょっと恥ずかしがり屋で、控えめな性格だ。

彼女のことも、俺は「ハル」と呼んでいる。他の娘も同様だ。

二人とも数え年で十四歳、誕生日は初春だということだから、満年齢に換算すると十三歳だ。

ユキははしゃいで、俺に抱きついてきた。

十三歳だから、ぎりぎり子供と言えなくもないが、それでもちょっと俺は照れてしまう。

背の高さは、俺の胸までぐらいだ。

対照的に、ハルは一歩引いた場所から、笑顔で俺を出迎えてくれる。

彼女は、いまだに俺のことを「ご主人様」と呼んでいるが、それは尊敬しているからではなく、単にその呼び方が気に入っているかららしい。

「拓也殿、本日も特に変わったことはありませんでした。平和が一番ですな」

豪快に笑いながらそう話すのは、この民家の用心棒兼見張り役、「井原源ノ助（いはらげんのすけ）」さんだ。

彼は少女たちを「この敷地内に閉じ込める」という役目も担っており、それだけ聞くと悪役なのだが、温厚で気さくな人柄もあり、彼女たちからは慕われている。

年齢は満五十五歳。体は鍛えられており、俺とあまり変わらない身長ながら、がっしりとした印象を受ける。

なお、俺は身長一六五センチ、体重六十キロと現代では小柄な方だが、三百年遡ったこの時代では、やや大柄な部類に入る。

俺は源ノ助さんに「本当にいつもお世話になってます。今日も一日、お疲れさまでした」と笑顔で挨拶をして、家の中に入っていく。少女二人もついてきた。

中には、あと三人の娘が待っている。彼女たちも満面の笑みで出迎えてくれると信じて……。

「なんだ、今日は帰ってきたのか」

……冷たい言葉に、俺のささやかな願いは打ち砕かれた。

キッと睨み付けるような視線を投げかけてくるのはナツこと「お夏」。数え年で十六歳、満年齢なら十五歳。

先ほどの双子の姉で、歳の分、彼女たちより背が高いが、それでも一五〇センチぐらい。この時代とすれば背は高いようだが、俺から見れば小柄だ。

服装は妹たちよりも粋な感じというか、ちょっと男っぽい感じ。たまに木刀を腰に差しているし。

「この家に寄ったということは、何か成果があったんだろうな」

彼女の言葉は、いつも、なんというか、ちょっと上から目線で、きつめだ。

「ああ、まあ……『しゃき』が五台売れたのと、手鏡が十枚ぐらい、かな」

「ほう、なかなか頑張ったではないか。褒めてやろう」

「へえ、珍しいな、ナツが褒めてくれるなんて」

「ば……ばかっ、私だって貴様の頑張りは認めているんだ。けど、その………あんまり調子に乗るなよ」

「ああ、ありがとう」

俺がそう言うと、彼女は頬をほんのり染めて、ふん、といいながら、二人の妹を連れて自分たちの部屋へと帰っていった。

俺はナツのこと、正直少し苦手ではあったが、決して嫌いではなかった。

「あっ、おかえりなさい、拓也さん。今日は帰ってらしたんですね。今、食事の準備してるんですけど………よかったらご飯、一緒に食べていきます？」

来たっ！

今度こそ満面の笑みで玄関先まで出てきたのは、俺が一番気に入っている女の子、「優」だ。数え年で十七、満年齢で十六歳。俺と同い年だ。

ナツより少し小柄で、俺より二十センチほど低い。それでもこの時代としては標準的。

その名の通り、すごく優しくて、気が利く。整った顔立ちで、俺に対しての愛想もいい。ただ、ここに来てからは誰に対してもそうらしいので、俺だけ特別、というわけではないようだ。

同い年ということもあってか、彼女とは一番仲がいい。それに、かわいい。

まあ、かわいさの基準なんて人によってまちまちだと思うが、そのぱっちりとした目元、澄んだ瞳、すっと通った鼻筋、ちょっと湿った小さな唇など、俺にとってはストライクゾーンそのもので、マジで現代にいたならばアイドルになれるに違いない、と個人的には考えている。

たまに俺が無茶なことをすると怒ったり、ちょっとすねたりするが、それもまた魅力の一つだ。

「……拓也さん？」

はっ！　いけない、いけない、見とれてしまっていた。

ええと、食事に誘われてたんだったな。

「ごめん、実家の方で俺の家族が食事の準備、してくれているはずなんだ。だから、今日もそっちに帰るよ」

「そうですか……ちょっと残念。でも、今から帰って、真っ暗にならないんですか？」

「大丈夫。俺には特別な力があるから、暗くても平気だし、それにぱっと帰れる方法も知ってるんだ」

「そうでしたね。拓也さんは、仙人ですもんね」

「まあ、そんなところだよ」

実際には、三百年という時をタイムトラベルするのだが、この時代の人に……いや、現代の人に言っても通じないだろう。

「ところで拓也さん、姉さんが、拓也さんが帰ってきたら一番奥の部屋へ呼んでって言ってましたけど……」

「えっ、凜(りん)さんが？　なんだろう……」

なんかイヤな予感がしたけど、無視して嫌われるのはもっとイヤなので、行ってみることにした。

この屋敷の部屋はそれぞれ襖(ふすま)で仕切られており、三つのそれを開けないと目的の場所へはたどり着けない。

何か腑に落ちないモヤモヤを感じながら、静かに歩いた。

最後の襖を開けると、明かりが消えていた。

窓は雨戸が閉まっているので、真っ暗だ。

誰もいないかと思ったが、

「どなた？」

と女性のか細い声が聞こえてきたので
「拓也です……凛さん、どうしたんですか？　具合でも悪いんですか？」

と声をかけてみた。

「まあ、拓也さん……帰ってらしたんですね。今、明かりつけますね」

数秒後、カチッという音とともに、ほんのわずか、部屋が明るくなる。

俺がこの世界に持ち込んだ、点火用ライター「チェックマン」を使ったようで、その火は燭台（しょくだい）の蝋燭（ろうそく）に移され、もう少し明るくなった。

とはいえ、凛さん（満年齢で十八歳）の姿はぼんやりと、布団の上に上半身を起こしているようにしか見えない。

「凛さん、こんな時間から床についてるなんて……やっぱり具合が悪いのかい？」

「いえ……その、なんて言えばいいのか……拓也さん、もう少しこっちにいらして……」

妙に色っぽいその声に戸惑いを覚えながら、俺は彼女の方に近づいた。

「えっ、ちょ……」

部屋の暗さに目が慣れたのか、彼女の全体がはっきりと見えてきて、俺は唖然とした。

凛さんは、薄く、白い着物というか、そんな物を一枚纏っているだけだったのだ。

彼女に言われるまま、すぐそばまで迫っていた俺は、腕を優しく掴まれた。

「拓也さん、私たち、あなたに買われてもう七日になります。なのに、あなたはいっこうに私たちを『お誘い』してくれません」

「いや、あの……なんのお誘いに……」

「また、そんなおとぼけになって」

凛さんの美しい顔が怪しく微笑む。

「あの、俺はそんなつもりじゃなくて、ただ、みんなが売られていくっていうのが見ていられなかっただけで……あっ、そうだ！　それに、前にも言ったように、まだ『仮押さえ』でしかないから、手を出すわけにはいかないし」

「……拓也さん」

「はい？」

「ばれなきゃ問題ありませんわっ！」

「り、凛さんっ！　だめだって！」

凛さんは、笑いながら俺を自分の布団の中に引きずり込もうとする。マジで何かの妖怪じゃないだろうか？

……いや、単にからかわれていることは分かっているんだけど。

けど、こんなところ誰かに見られたら大騒ぎになりかねない。

俺は悪いと思いながら、力で強引に布団をはねのけた。

すると勢い余って、体勢が崩れ、凜さんの上に落ちていきそうになった。慌てて彼女を守るべく、仰向けになった彼女の顔の両側に手を突く。

そのとき、がらり、と襖が大きく開かれた。

——まるで俺が凜さんを押し倒したかのような体勢になっている。その現場を、襖を開けたナツが、身を震わせながら見つめていた。

隣には、ユキ、ハルの双子もいる。

数秒間固まったその後、

「大声が聞こえたけど、何があったの」

と心配しながら優もやってきた。そしてこの光景に息を飲んだ。

「い、いや、これは、あの、手違いで……凜さん、何か言ってよ」

しどろもどろになる俺。

「………私の口からは、何も申し上げられませんわ」

そんなあ！

ついに、今まで無言だったナツが、どこに隠し持っていたのか、木刀を振り上げた。

「きさまっ……ついに本性を現したなっ！　この私が成敗してくれるっ！」

「ちょっと、まっ……」

「問答無用っ！　ちぇぇいぃ！」

やばい、と俺は身を翻し、急いで逃げようとしたが、いきなり背中に強烈な衝撃を感じて倒れてしまった。本当に木刀で殴られたのかっ？

「きゃははぁー！　タクッ、せいばいっ！」

違った。ユキが、跳び蹴りを放ってきたのだ。

「ぐはあぁ！」

次にナツの突きがみぞおちに入り、俺は悶えた。

そんなドタバタの様子を、優とハルは、手を叩いて笑いながら眺めていた。


——ちょっと痛かったけど、今考えれば幸せだったこの日。

俺が十五両、現代の相場で百五十万円で「仮押さえ」した、五人の少女たち。

あと二十日のうちに、五百両、つまり五千万円もの大金を揃えねば、彼女たちは今度こそ本当に「身売り」されてしまうのだ——。

第2話　タイムトラベル

きっかけは、叔父の発明だった。

俺の叔父は、天才物理学者とも、変人とも言われている、帝都大学の准教授だ。

その日、叔父は興奮しながら俺の家を訪れ、腕時計のようなものを見せつけ、「これで三百年前にタイムトラベルできる」と言ってきた。

もちろん最初は信じなかったし、俺は
「それならすぐ目の前で見せてくれ」

とも言ったのだが、

「総重量が八十キログラム以下の物でないと転送できない」

とわけの分からない理論を展開したのだ。

叔父はまるまる太った巨漢であり、九十キロは軽く超えている。

「ダイエットには時間がかかるから、まずは拓也で試したい」という、むちゃくちゃな要求をしてきた。

まあ、確かに俺は体重六十キロだし、多少荷物を持っても大丈夫だろう。

「あとでお礼をたんまりするから」

と、叔父は必死に頼み込んでくる。どうも、研究論文の締め切りに追われているらしかった。

叔父にはいろいろ世話になっているし、はなっから信じていなかったこともあって、特に抵抗もせず、そのデジタル腕時計型タイムトラベル発生装置、通称「ラプター」を手首に装着し、横のスイッチを押してみた。

——次の瞬間、俺は田んぼの真ん中に立っていた。

「へっ？」

という感じで、あたりを見渡した。

誰もいない。

さっきまで部屋の中にいたのに……瞬間移動？　それとも、俺がおかしくなっただけ？

稲は既に収穫されたあとみたいで、水は張っていない。

そしてそこに、靴下のままで立っている俺。

とりあえず、あぜ道まで歩いてみる。ちょっと足の裏が痛い。

そこからさらにやや大きめの道に出たが、舗装されておらず、本当に単なる土だけだ。

スマホを取り出してみるが、「圏外」の表示、屋外なのにGPSでの位置情報も取得できない。

この時点で、「まさか、本当にタイムトラベルした？」と、焦りを感じた。

なんとか帰ろうとして、腕時計をいろいろいじくってみたが、「再稼働待機時間　１７０分」と表示されてしまう。そういえば、なんか一度使うと三時間ほど待たなければならない、というようなことを叔父が言っていたような気がした。

どうしようもなく、近くにあった大きな木にもたれかかって、三十分ほどぼーっとしていると、いくつもの大きな樽やら、はち切れんばかりに膨れ上がっている風呂敷包みなどが満載の荷車を引いた男性が歩いてくるのを見かけた。

ほっとして、手を振って出ていくと、男ははっと身構え、短刀を構えているではないか。しかし俺が両手を挙げ、敵意がないことを示しながら近づいていくと、彼は持っていた短刀を下ろした。

そして彼の格好を見て、タイムトラベルの疑いはいっそう強くなった。

時代劇で見たような格好……上半身は地味な渋柿色の着物を着ており、下半身は灰色の股引（ももひき）、足にはワラジ、そして頭の上部は剃っており、髷（まげ）が乗っている。

「すみません、道に迷ってしまって」

「……普通にしゃべれるんですね。てっきり、異国の人かと思いましたが」

「まあ、異国と言えば、異国かもしれないけど」

日本語が通じた、と少し安心した。

話を聞いてみると、彼は「啓助（けいすけ）」という名で、歳は十八だということだった。近くの万屋（よろずや）に勤めており、御用聞きでこうやって荷物を運んだり、注文を取ったりしているのだという。

なかなか気さくで話しやすい好青年で、俺の身なりや持ち物にも興味を持ってくれた。

特に驚かれたのが、やはりスマホ画面。通話はできないが、写真や動画撮影はできる。そこで見せた画像に、彼は感心しきりだった。

ぜひ万屋まで来てみないかと言われたが、足下が靴下しかないことを打ち明けると、彼は親切にも、荷車の風呂敷包みから取り出したワラジを、タダで譲ってくれた。

三十分ほど歩くと城下町に到着した。

ここは地方の城ということで、それほど大きな町ではなかったが、それなりに賑わっており、長袖のシャツにジーンズという珍しい身なりの俺は大いに注目を集めてしまった。

そしてこの時点で、本当に江戸時代にタイムトラベルしたのだと確信していた。

万屋の主人は三十代後半ぐらいのおじさんで、やはりスマホの画面、特に動画を食い入るように見入っていた。

これを一両で売ってくれないか、と言われたが、その価値も分からなかったし、さすがにスマホをなくすわけにはいかない。

「とりあえずまた来るから、それまで待っていてほしい」

とだけ言うと、その格好じゃ目立つからと、俺の体型に合った着物を貸してくれた。

「どうやって帰るんですか？　故郷は遠いんでしょう？」

という啓助さんの至極もっともな質問にも、俺は
「さっきの『すまほ』みたいな、いわば仙人の道具で、一瞬のうちに住みかへと戻ることができるんです。でも、その瞬間を人に見られてはならない掟となっています」

と、もっともらしいことを言って信じ込ませた。

その後、世話になった礼を述べ、そして人目に付かぬよう建物の物陰に隠れた。

その地点でデジタル腕時計型タイムトラベル発生装置「ラプター」の「ポイント登録」機能を使用したあと、「前回移動元ポイントに戻る」コマンドを選択。無事、元の部屋に戻ってきたのだ。


叔父は俺が無事に帰ってきたことに大いに安堵した。

そして「向こう」で撮ってきたスマホの写真を見せると、今度は大喜びした。

ノーベル賞級、いや、文字通り歴史を覆す世紀の大発明。

しかし、叔父はもう少し検証を進めたいと、興奮しながらも慎重だった。

また、スマホを「一両で買いたい」と商談を持ちかけられたことを話すと、

「それはすごい！　一両っていったら、つまり小判一枚だ。三百年前の小判一枚は、今なら百万円

以上の値段で売れるはずだ！」

と、またまた驚愕していた。

「ひゃくまんえん……」

これを繰り返せば、一年もあれば億万長者になれるのではないか。

俺と叔父はほくそ笑んだ。

もともと、俺は叔父と同じく日本史が好きで、大河ドラマや時代劇を見て江戸時代に憧れを持っていたし、この三百年前の世界で現代の品々を売ったらどうなるか、という金儲けにも興味があった。

ただ、過去でなにか行動を起こせば、自分たちの世界にも影響が出ないか心配だったのだが、叔父によれば、時空間移動した先は一種の平行世界、いわば「パラレルワールド」のため、我々の歴史は変わることはない、という話だった。

こうして、週末のたびに三百年の時を超え、商売を重ねる日々が始まったのが、西暦二〇一九年の五月だった。


何度か往復するうちに、いくつか分かってきたことがあった。

まず、過去の年号は「享保四年」で、徳川八代将軍吉宗の時代だった。

計算通り、ちょうど三百年前なのだが、季節は二カ月以上ずれており、現代が春なのに過去では夏だった。

また、スマホは一台、中古を買ってきて、約束通り一両で売ったのだが、問題なのはその充電。もちろんコンセントなどないので、充電用の乾電池を大量に過去に持っていかなければならないはめになった。その不便さもあって、一台こっきりしか買ってくれなかった。

それでもそのときに支払われた「元禄小判」は、保存状態の良さと希少価値もあり、百四十万円という高値で売れた。もちろん、俺と叔父は狂喜乱舞した。

さて、いろいろと面倒な「スマホ」に代わり、もっと手っ取り早く珍しがられ、高く売れる物はないかと、いろいろ試してみた。

当初期待したのは、マッチやライターといった「火をおこす」道具だった。

しかしながら、火をおこす作業は当時の火打ち石を使った方法でも数分で可能だったし、普通は種火を炭火や火縄の形で残しておいたり、隣近所から借りてきたりと、それほど「困るもの」ではなかったようで、思ったような高値では売れなかった。

銀と金の価格差にも注目した。

現代にて小判を売った利益で銀塊を購入し、江戸時代に持ち込んだのだが、当時、今よりも貴重だったそれは、わりと重さがある上に、鑑定に時間がかかる。量が多ければさらに簡単には金と交換してくれない。俺が商人としてほとんど実績がないことによる「信用不足」も響いた。なかなか簡単にはいかない。

その代わり、日用品として意外と人気があり、高値で売れたのが「鏡」だ。

当時の鏡は銅などの金属をピカピカに磨いただけの物だったので、現代のすさまじく綺麗に映る鏡は珍重されたのだ。

これには、顔全体が写るサイズで「一朱」の値が付いた。

ちなみに、江戸時代の通貨は、「一両」が「四分」、そして「四分」が「十六朱」。

つまり、鏡十六枚売れば「一両」になるというわけだ。

当時、一両は今の物価にして「十万円」ぐらいの価値があった。ということは、一朱は六千円ちょっと。品質を考えれば妥当なところか。

ちなみにおなじみの通貨単位「文」（もん）は、四千集めてやっと「一両」だ。

ということは、現代のお金に換算して「一文」は「二十五円」ぐらい。ま、そんなもんか。

ただ、鏡はやっぱりかさばるのが気になるところ。一回に移動できるのは八十キログラムまで、俺の体重は六十キロ。ということは二十キロしか持ち運べない。

また、やっぱり「一朱」は高価なので、なかなか売れてくれない。それこそ「江戸」のような都会ならばもっと需要があるのかもしれないが、欠点は「目的の地点まで歩いていって、『ラプター』

でポイント登録しなければならない」点だ。

そもそも、最初にあの田んぼの真ん中に飛ばされたのは、全くの偶然だという。それが海の上だったりしたらどうだったのかと考えると、ぞっとする。

あと、「スマホ」に代わる映像撮影・出力装置として注目したのがインスタントカメラ「シャキ」。カシャッと取って、ジジジッと出てきて、数分待てば綺麗な写真となるこの魔法の箱、これも当時の人々に大受け。これは「金一分」、つまり四台で一両という高値が付いた。

「しゃき」四台で小判一枚、現代で売れば百四十万円。ぼろ儲けですな。

まあ、これもフイルムとか電池とか必要だが、それはそれで消耗品として儲けられる。「スマホ」と違ってそれほど面倒ではないのだ。

これも「金持ちの道楽品」で、しかも一家に一台あれば十分なものだから、台数が多く出るものではなかった。

これらの売買を繰り返し、俺は二カ月ちょっとで二十両、稼ぐことができた。

なお、全部小判だったわけではなく、銀の方が多かったため、あとでまとめて両替しようと、俺は貨幣を持ち歩いていた。それがこの後、少女たちの運命を分けることとなったのだった。

第3話　仮押さえ

その日の朝、俺は街道を歩いていた。

現在商売の拠点としている地区より、もう少し規模の大きな城下町があるという情報を得ているのだが、十里（約三十九キロ）ほど離れている。

さらに、その延長線上には江戸が存在する。

少しずつでも進んでいき、ポイント登録を上書きしていけば、いつかは目的の町、そして最終的に江戸へとたどり着く。儲けへの執着心が、俺に行動を促していた。

左手には幅五十メートルほどのかなり大きな川があるが、このところ雨が少ないために流れは緩やかで、ところどころに中州も見えている。

今歩いている街道は堤防の上だ。

ふと目を河原にやると、地味な着物を着た女の子が五人ほど集められ、なにやらしょげている。

泣いている女の子もいる。

その子たちをなだめているのは、二人の男性。うち一人は見覚えがある。

興味をもって近寄ってみる。やっぱり、一人は「啓助」さんだ。

「……やあ、啓助さん。どうしたんですか、こんな河原で」

「おお、これは拓也さん。いや、これから『身売り』に出ていくところなんだ」

「身売りっ⁉」

俺は驚きに目を見張った。

身売りとは、たとえば借金のカタとかで、女の子がその身を売らなければならないはめになった状態を指す。

で、売られた女の子がどうなるかというと……たいていの場合、「そういうところ」で、「金を払った男たち」に、「あんなことやこんなこと」をされるわけで……まあ、ぶっちゃけ「性欲の対象」となってしまう。そのぐらいの知識は、俺も持っていた。

「今年は不作だったから……このあたりじゃ、決して珍しくない。この村なんか、少ない方だ」

啓助さんはさらりと言う。つまり、「慣れて」いるのだ。

もう一人の、巨漢の怖そうなおじさんは、いぶかしげに俺のことを睨んでいたが、啓助さんが
「ほら、例の『しゃき』の人ですよ」

というと、なんか納得したような顔つきになった。

しかし、この少女たちの不憫なことといったら、なんと表現すればいいのだろうか。

中には、まだほんの子供もいるじゃないか。年齢を聞くと数え年で十四歳、つまり現在の満年齢でいうと十三歳だという。

他にも、泣きはしないが、唇を噛んで耐えているような娘や、自分も涙を流しながら、懸命に小さな子をなだめている「お姉さん」もいる。

しかもその子たち、全員がかなりの「美少女」だ。

啓助さんも、「特にこの村には上玉が集まった」という話をしていたが、その表情からはやりきれなさが感じられた。

さらに、困ったことも起きているらしい。

今年は「身売り」する者が多く、相場が下がっている上に、「受け入れ待ち」の状態なのだという。

このままだと、今日はどこかの宿屋で一時的に彼女らを泊めてもらうしかない。

もちろん、タダでというわけにはいかない。

宿泊代が払えなければ、一晩だけでも「身を売って」稼ぐしかない。

ということは……早ければ今夜にも、彼女たちは男に弄ばれてしまうかもしれないのだ。

それを聞いて、俺は思わず叫んだ。

「この娘たち、俺がまとめて面倒見ますっ！」

その言葉に、啓助さんともう一人の、佐助という名の男は驚いた。

「面倒見るって……買い取るってことか？　高いぞ」

佐助さんの声は、ちょっとドスがきいていて、怖い。

「高いって、いくらですか？」

「一人、百両。五人で五百両だ」

「五百両……」

呆然としてしまう。今、俺は二カ月かかってやっと稼いだ、二十両しか持っていないのだ。

「あの……五百両、払いますが、今、手持ちで二十両しかなくて……」

「えっ……拓也さん、二十両も持っているんですか？」

啓助さんが、もう一度驚いた。

現代の物価にして、約二百万円。当時、人件費が安く、実はこれは彼らの年収以上の金額だったのだ。

「……まあ、それだけありゃあ、頭金としてはいいんじゃないか？　どうせ正規の身売り先は『待ち』の状態だ。それなら、その間少しでも金になった方が、俺らもありがてえ」

「それはそうですが……拓也さん、彼女らを住まわす場所とか、用意できますか？」

そう言われると、回答に困ってしまう。俺はこの時代に住む「家」を持っていない。

「そういや、もう一つ向こうの村に、誰も住んでねえ古い庄屋の家があるじゃないか」

「……なるほど。あそこもこの不作で、買い手や借り手がいないんでしたね。そこも遊ばせておくぐらいなら期間限定でお貸しした方が……」

こうして、啓助さんら「万屋（よろずや）」にとっても「渡りに船」の事情があり、とんとん拍子に話が進んだ。

そこで決まった条件は、以下の通り。

「『拓也』は一人三両、計十五両の前金で少女たちを『仮押さえ』状態にする」

「二十八日以内に『一人百両』、前金と合わせて計五百両用意できれば、彼女たちを全員買い取ることができる」

「彼女たちは監視しやすいように、一件の民家に住まわせる。その敷地内から出してはならない」

「逃げ出さないように、見張りを立てる」

「民家の賃料である二両、見張りの賃金一両は、『拓也』持ちとする」

もちろん、これらのことは現代では許されない「人身売買」だ。

しかし、江戸時代では、こういったことは当たり前に行われていたことだ。

ともかく計算上、合計十八両で、俺は彼女たちの「仮の主人」となった。

さらに一両使い、彼女らが生活に必要な食料や衣類、布団などを運び込む手はずとなった。そうと決まるや、佐助さんは急いで万屋へと帰っていく。先に主への報告と準備を済ませておくということだった。

商人たちの恐るべき手際の良さに、俺は舌を巻いた。

とにかく、まずはその「古い庄屋の家」に、全員で歩いていかねばならない。

啓助さんの案内で、子供たちのペースに合わせてゆっくりと進む。この速度だと、二時間ほどかかるらしい。

双子の女の子たちは、すぐに俺に懐いてくれた。

二人とも最初のうちは俺を「ご主人様」と呼んでいたが、俺が「タクヤ」でいいよ、というと、おてんばな方の子はすぐに「タクッ」と呼び捨てにしてきた。

その子が「お雪」だった。

もちろん、俺もそれで嫌な気分になるはずもない。俺も彼女を「ユキ」と呼び捨てにした。ただ、もう一人のほんわかした女の子は「ご主人様」と呼ぶのをやめなかった。それはそれで、まあいいかな、と気にしなかった。

彼女の名は「お春」。俺は「ハル」と呼ぶことにした。

彼女らの姉は、むすっとした表情のまま、俺と言葉を交わそうともしない。

そしてもう一組の姉妹が、遠慮がちに声をかけてきた。

「あの、私……『優』と言います……よろしくお願いします」

「ああ、『優』だね。よろしく」

俺は気さくに返事をしたが、内心、かなりドキドキしていた。

彼女は、本当に俺好みの美少女だった。

他の子もかわいらしいのだが……この子は、まさに「彼女にしたい」と思わせるような……それどころか、現代ならば「手の届かないアイドル」だったとしてもおかしくないような、そんな存在に思えたのだ。

ちょっと控えめで、おとなしそうなところも、俺の理想と一致していた。

その優と寄り添って立つ少女……というよりは、少し大人びた雰囲気の女性が進み出た。

「私がこの娘の姉、『凜』です。拓也さん、この娘共々、よろしくお願いいたします」

そう言って深々と頭を下げてくる。

「あ、はい、こちらこそ。『リン』さんですね。失礼ですが……おいくつですか？」

思わず敬語になってしまう。

「私は、十九になります。あなた様はずいぶんお若いように見えますが……」

数え年で十九、ということは、満年齢では十七歳か十八歳だ。やっぱり年上だったか。それより、俺は相手の歳を聞いていながら、自分の歳を言っていなかった。

「あ、すみません、俺は、えーと、数え年だと……十七歳です」

「えっ、十七歳……ということは、優、あなたと同い年じゃない。よかったわね、こんなに若くて格好のいい人がお相手で」

彼女は、そう言われると真っ赤になってうつむいてしまった。

どうしたんだろう、と不思議そうな顔をする俺に、凜さんは言葉を続けた。

「この子、まだ男の人を知らない、純情な娘なんですよ。だから……初めて事をいたしますときは、どうか優しくしてあげてくださいね」

……彼女が赤くなった意味を知り、今度はこっちが戸惑う番だった
「いや、あの……俺はそんなつもりじゃなくて……ていうか、まだ仮押さえだから、俺は君たちにそういうふうに接することはできないんです……ねえ、啓助さん」

このやりとりをニヤニヤしながら見ていた彼に助けを求めた。

「はい、その通り。今の段階では、拓也さんはあなた方に手を出すことはできません。そういう契約です」

啓助さんの言葉に、凜さんと優、そして俺と口を聞いてくれなかった「ナツ」が、一斉に「えっ」という表情で顔を上げた。

「それに、五百両で買い取ったあとも、俺は君たちを親元に戻すことしか考えていない」

「そんな……それじゃあなた様、なんにも得がないんじゃあ……」

「損得なんて考えていない。ただ……見ていられなかっただけだ」

少しヤケになったようなその言葉に、凜さんと啓助さんは、呆れているようだった。

「でも……あの三人はそれも叶わないんです。お夏ちゃんたちの母君は三年前に、そして武士であった父君もつい先日、亡くなったんです……」

凜さんが、悲しげに教えてくれた。

そして俺はそれを聞いて、軽々しく「親元に帰す」などと言ってしまった自分の浅はかさを思い知った。

ナツは俺たちのやりとりを聞いて、顔を上げた。

「いや……けれど、私は感謝している。私はどうなっても構わないが、この二人が……母親から何も教えられなかった、身売りの意味さえ理解していない妹たちが、男どもに弄ばれるなど、考えたくもなかったから……」

そう言われても、あどけなさの残る双子は、終始きょとんとしていた。だからたぶん、ナツの言う「母親から何も教えられなかった、身売りの意味さえ理解していない妹たち」はその通りなのだろう。

「けれど、そういう約束になっているのなら……もし、貴様が妹たちに手を出したならば……私は貴様を成敗して、そして私も死ぬ」

武士の娘らしい、毅然とした言葉だった。

しかし、俺には彼女のそんな決意など、無用だった。

「心配しなくていいよ。俺はこの子たちに、そんな変な気を起こすことは絶対にない。他の人にも、同様にね」

俺は笑顔を見せる。

「そうか……なら、今は礼を言っておく。あと、すまないが、しばらくやっかいになる。金は絶対、何年かかっても、私が働いて返すから……」

思いがけないナツの言葉に、俺は彼女の心の強さ、そして妹たちに対する愛情の深さを知り、笑顔になった。

そうこうするうちに、目指す「古い庄屋の家」が見えてきた。

第4話　ご主人様生活

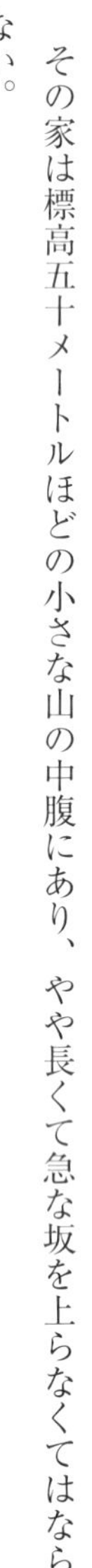

その家は標高五十メートルほどの小さな山の中腹にあり、やや長くて急な坂を上らなくてはならない。

以前、庄屋（しょうや）をしていた家だというが、ここの主人が博打で財産のほとんどを失って、さらに今年の台風による不作も重なり、ついに家を手放すことになったのだという。

ちなみに庄屋とは村の代表として藩の役人と直接やりとりを行う役職だ。

年貢の取りまとめや土地の管理、用水路など土木工事の発注も行う、今でいう村役場の仕事みたいなこともしている。たいてい地元の有力な農家がその職に就いており、地域の中ではそれなりの地位となる場合が多い。

目指すその敷地にたどり着いて、ちょっと驚いた。

そこそこ立派な門があり、それをくぐるとテニスコート半面ぐらいの庭がある。

そして母屋は本瓦の屋根で、古いながら思っていたより大きい。台所、トイレの他に、部屋が五つもあるということだ。

また、庭を囲むように納屋と離れが存在している。

この時代には珍しく、内風呂も完備。

離れの部屋は使用人が住めるよう、屋外にもトイレが付いていた。

（これは立派すぎる……はめられたかな？）

だいたい、家賃が一カ月で二両なんて、高いと思ったんだ。

双子の姉妹は大喜び。

凜さんと優も、「本当に、こんなところが？」と驚きを隠せない。

ナツまでもが目を輝かせ、「これなら剣の練習ができる」と喜んでいる。

いや、女の子が剣の練習なんてしなくていいんだけど。

まあ、喜んでくれているならいいかな。

ところが、彼女たちの甘い考えは、すぐに否定されることになる。

材木などの資材を抱えた男たちが五人ほどやってきて、玄関以外の出入り口を戸板で塞ぎ、釘を打ち付け始めたのだ。

俺は文句を言おうとしたが、啓助さんが

「彼女たちが逃げ出さないようにするため、仕方がないことなんです」

と説明してくれた。

さらに、日光を取り込むための障子の窓も、格子状に丈夫な樫の木で塞ぎ、出入りできなくされてしまった。

明るかった屋内は日が半分しか入らず、薄暗い印象を受ける。

さすがに、彼女たちの表情は曇った。

さらに、ちょびひげを生やした二刀差しの侍がやってきた。

年の頃は五十過ぎぐらいに見える。

「や、あなたが拓也殿ですな。拙者、『井原源ノ助』と申す者です。身売りする娘たちの見張りを仰せつかっております。以後、お見知りおきを」

かしこまってお辞儀をしてくる。俺もつられてお辞儀をしてしまった。

逃げ出さないように見張りを置くなんて、とも思ったが、

「井原殿は、私どもがお願いして来ていただいた方で、剣の達人。女性ばかりとなるこの家の用心棒も兼ねております」

と啓助さんに言いくるめられてしまった。

「それに、万一彼女たちが逃げ出すようなことになれば、拓也さん、あなたは私たちに全額弁済しなければなりません。のみならず、捕まれば、逃げた本人にもきつい仕置きが待っております」

啓助さんは、少女たちに聞こえるようにわざと大きな声を出した。

この時代の仕置きと言えば、肉体的な苦痛を伴うものになることは間違いない。彼女たちの表情

は一気に緊迫したものとなった。

「や、まあ、そんなことにはならんでしょう。要は逃げようなどと考えなければ良いことです。この家の敷地内ならば、自由に遊んで構いませんぞ」

源ノ助さんの優しい表情と豪快な笑いに、ちょっとだけ少女たちの緊張が解けた。

さらに布団や衣類、当面の食料、薪などの生活必需品が運び込まれ、この日からすぐに住めるようになった。相変わらず見事な手際だ。

ここで、改めて啓助さんから注意事項が言い渡された。

まず、彼女たちはこの家の敷地内から出てはいけない、というのが絶対条件だ。

また、基本的に外部から人が入ることも許されない。どうしても必要な……たとえば今回のような荷物を運び込むときなどは、源ノ助さんの許可があればＯＫだ。

源ノ助さんの賃金は俺が払っているが、あくまで万屋側の人間であり、警備に関しては俺より権限が強い。

しかし、俺にも特権がある。

彼女たちの仮の主人で、かつこの家の借り主である俺だけはこの家に自由に出入りできるし、泊まることも可能、ということだった。

女性ばかり五人の家に、俺一人が泊まる。ちょっと嬉しいかも……うっ、ナツに睨まれた。

ただし、やはり警備は厳重で、日が落ちてあたりが暗くなると、女性たちが全員家にいることを確認した上で、源ノ助さんが玄関の扉を閉め、外からかんぬき錠をかける。

翌朝、日の出とともに彼がまた扉を開ける。

なお、源ノ助さんは離れに寝泊まりする。つまりほぼ二十四時間、この家の敷地内で警備することになっているのだ。

あと、少女たちの家族が来ても、会わせることはできない。なかなか厳しい。

「それと、拓也さんの権限についてだけど……さっきも言ったように、まだ拓也さんは仮の主人でしかないから、彼女たちに手を出すことはできない。暴力をふるったりもです」

「ええ、それは分かっていますよ。権限があったって、そんなことしない」

ここまで潔癖な自分に、俺自身が一番驚くほどだった。

「でも、逆にそれ以外はある程度自由です」

へっ？

「たとえば、『品定め』のために、裸を見せるように要求することもできますし、望めばお風呂で体を洗ってもらうこともできます。要は、彼女たちを肉体的に傷つけなければ、何を要求しても構わないということです。彼女たちに、それを拒むことは許されません」

…………。

「い、いや、俺は、べ、別にそんなつもりは……ないから……」

「今、一瞬いやらしいことを考えただろう」

うう、ナツ、おまえはなんでそんなにカンが鋭いんだ。

「あら、ナツちゃん。年頃の男性なら、それが普通なのよ。そのぐらい、我慢しなきゃ」

り、凜さんっ！　俺を煽らないでくれっ！

「いえ、拓也さんはそんな方じゃないです。さっき自分でおっしゃったじゃないですか」

優、偉いっ、その通りだ。でも……一番一緒にお風呂に入りたいのは、実は君……いや、俺は何を考えているんだっ！

「私、タクとだったら一緒にお風呂に入っても平気だよっ」

やあ、ユキはかわいらしくて素直で良い子だなあ。もうちょっと年上だったらよかったけど。

「私も、ご主人様とだったら……」

ハル、そこで「ご主人様」なんて単語を使わないでくれっ！　あと、目をウルウルさせるのも！

この様子を、また啓助さんはニヤニヤしながら眺めていた。

「そ、そんなことより、他に何か注意点、ありますか？」

「そうですねえ……ひと月もあるわけですから、彼女たちに何か仕事をしてもらうことを考えてもいいかもしれませんね」

「仕事？　家から出られないのに？」

「そうです。たとえば、内職とか。少しでも稼いでもらった方が、あなたにとっても、彼女たちにとってもいいんじゃないですか？」

彼のこの言葉には、女性陣全員が食いついてきた。やはり、自分たちで少しでも稼ぎたいようだ。それに対し、啓助さんはこんな仕事がある、と紹介を始めた。さすがの手際だ。

こうしてドタバタのうちに始まった「ご主人様」生活。

しかし翌日には、早くも予想外の大ピンチに晒されることとなったのだ。

第5話　少女の胸元

五人娘たちの住みかが決まった後、俺はいったん現代に帰り、なにかおいしいものでも食べさせてあげようとコンビニに寄ったが、彼女たちが違和感なく食べられそうなものが分からず、普段どんなものを食べているか、何が好物か聞いてみようと考えた。

それよりも、まずは家にあった常備薬やタオルなんかの生活必需品を持ち込むことにした。

彼女たちがそれを見てどんな反応をするかという期待と、今、不安な気持ちで過ごしているんじゃないかという心配で、なかなか寝付けなかった。

翌日、彼女たちの様子が気になった俺は、朝から母屋(おもや)を訪れた。

ちなみに、この家は凜さんによって「前田邸」という仮称が付けられていた。

「前田」は俺の名字。なんかちょっと気恥ずかしい。

彼女たち、昨日はいろいろあって疲れていたはずだけど、みんなよく眠れたかな……そんなことを考えながら門をくぐると、誰も庭にいない。見張り役の源ノ助さんまでもだ。

ちなみに、源ノ助さんは俺とは違い、彼女たちの許可がなければ母屋に入れない。

俺は出入り自由なのだが、さすがに無断でズカズカと入っていくわけにもいかないので、

「拓也です。誰かいませんか？」

と、自分が借りた家なのに来客であるかのように呼びかけてみた。

トンッ、トンッ、トンという軽快な足音とともに現れたのは優。この娘のかわいい顔を見ただけで鼓動が高まる。けれど、彼女の表情は微妙だ。

「拓也さん、おはようございます。ごめんなさい、すぐにお迎えできなくて」

「いや、そんなことは全然構わないけど……何かあったのかい？」

「ええ、実は、ユキちゃんが熱を出しちゃって……」

「えっ、あの元気っ娘のユキが？」

「はい。それで今、源ノ助さんが水を汲みに……」

ちょうどそこに、まさに今話していた監視役のお侍、源ノ助さんが水の入った桶を抱えてきた。

ちなみに、この家には納屋の裏手に井戸があり、そこで水を汲むことができる。

「や、これは拓也殿、来られていたのですな」

「やあ、源ノ助さん、すみません、そんな雑用させてしまって」

「何をおっしゃる。私はここにいる娘さんたちを守る義務がありますのでな。このくらい、当たり前のことです。……ただ、ここから先にはあまり入ることはできませんので」

「分かりました、部屋には俺が持っていきます」

「かたじけない。では、私は見張りに戻るとします」

そう言い残して庭へと帰っていく源ノ助さん。本当に真面目な人だ。

ちなみに、台所に貯め置きの水はあるのだが、やはり井戸から汲んできたばかりの水の方が冷たい。つまり、これはユキの額を冷やすための水だ。

彼女は、一番奥の部屋に寝かされていた。

優が襖を開けて先に入り、俺が来たことを告げる。

少し間を置いて、中に呼ばれた。

ユキは、俺の顔を見て少し笑った。だが、何もしゃべらない。

見るからにつらそうだ。

熱が少しあり、寒い、と言っているらしい。掛け布団も二枚重ねられている。

考えてみれば、この数日は十三歳のこの子にとって、過酷な試練の連続だった。

父親の死。

あまり意味は分かっていないようだが、自分が身売りされるという現実。

俺が仮押さえしたとはいえ、数時間にわたって歩かされ、そしていきなり慣れない家で監視付きの共同生活を強制させられた。

いくら明るく振る舞っていても、心と体は疲れ切っていたのだ。

凜さんも、親身になって看病する。額の手ぬぐいを、俺が持ってきた桶の水に浸し、軽く絞り、そしてユキの額にまたのせる。

ナツは、自分の妹のことが心配でしょうがないらしく、厳しい表情のままずっとそばから離れようとしない。

ハルも、少し離れてちょこんと座り、じっと双子の姉を見つめていた。

優は、ユキのために芋がゆを作ると言って、台所に戻っていた。

まあ、なんというか、ちょっと大げさな気はするが、始まったばかりの共同生活でいきなりハプニングが起こったので、みんなで乗り切ろうと頑張っているのだろう。

その後、ユキは眠ったようなので、姉のナツを残してみんな囲炉裏部屋に集まった。

彼女の症状を聞いてみると、くしゃみや咳といった典型的な風邪の症状で、特にのどを痛がっているという。季節の変わり目、ということもあるようだ。

ちなみに、俺の住む現代では夏休みの前半だが、三百年前のこちらではもう秋に入っていた。

芋がゆ、ユキは食欲がないと言って食べなかったので、残りのメンバーで食べることにした。

女性たちはおいしい、と言って優の料理を褒めていたが、正直、俺はそれほどには感じない。

もちろん、優の腕の問題ではなく、材料が貧相なのだ。

この時代、ただでさえ庶民は生活が苦しいのに、この地方は不作だった。あまり贅沢なものは食べられない。現代から米を持ってくればよかったと後悔した。

ただ、今日朝から持ってきたものの中にはすぐに役立ちそうな物もある。リュックの中に、念のため救急箱を詰めてきたのだ。

もちろん、これは彼女たちが怪我をしたり、病気になったときのため。

包帯や絆創膏の他、胃薬や、まさにすぐに使えそうな風邪薬も入っている。

ユキが起きたなら、早速飲ませてあげようと考えていた。

凛さんは、「お医者さん、呼んだ方がいいのかしら……」と心配していたが、往診となると時間も金もかかる。また、この時代の医者がどれほど信用できるか怪しかったので、単なる風邪ならゆっくり休めばいいだろう、と短絡的に考えていた。

しかし、しばらくの後、様子を見に行ったナツが血相を変えて囲炉裏部屋に駆け込んできたときから、状況が一変する。

彼女によれば、ユキの様子が急変し、暑がりだして、苦しそうで、息が荒いのだという。

容態が悪化したようだ。

全員で慌ててユキの休んでいる部屋へと向かう。

確かにナツの言う通り、苦しそうだ。さっきまで寒がって被るようにしていた掛け布団も、はねのけている。

優が駆け寄る。

「すごい熱……」

額に手を当てた彼女の目が、驚きで見開かれていた。

俺は慌てて救急箱から体温計を持ってきた。

「これで熱を測れる。デジタルだからすぐ表示される」

「えっ……どうやって……」

優が戸惑う。見たこともない物なのだから当然だ。

「えっと、ボタンを一回押してリセットして、脇の下に挟んで……」

全員、きょとんとした顔になる。

説明が無駄であることを悟った俺は、少し強引だが、自分で体温計をセットすることにした。

浴衣のような寝巻きの胸元を、大きく広げる。

十三歳、まだ子供だとばかり思っていたユキの胸は、思ったよりも膨らみが大きく、形も整っており、思わずドキリとしてしまった。

しかし、今はそんなことに構っている場合ではないし、周りの少女たちも何も言わない。

静かに腕をずらして、脇の下に体温計を挟み、そしてそのまま閉じさせる。

いったん襟元を閉じ、しばらくそのままにする。

待っている時間が、とんでもなく長く感じられた。

ようやく測定完了を知らせる電子音が鳴り、急いで取り出し、そしてそこに表示されている数値に我が目を疑った。

（四十度……）

子供でこれだけの高熱。下手をすれば命に関わるんじゃないかと考え、ぞっとした。

「ど……どうなんだ？」

実の姉であるナツが、焦ったように俺に迫る。

「熱が高すぎる。なんとか下げなきゃ……とりあえず、持ってきた風邪薬でも少しは効果があるだろうから、それを飲ませて、あとは額を濡れ手ぬぐいで冷やして……」

俺がそこまで口にしたとき、どすん、と後方で鈍い音がした。

振り返ると、ユキの双子の妹であるハルが、床にしりもちをついていた。

「なんか、私、変……」

確かに、顔が少し赤く、ビックリしたような目をしている。

ナツが慌てて掛け寄り、彼女の額に手を当て、そして泣きそうな顔になった。

「ハルも……ハルも熱があるっ！」

彼女の言葉に、俺だけでなく、その場にいる全員が衝撃を受けていた。

第6話　熱冷まし

　ナツ、優、凜さんの三人は、すがるような目で俺を見ている。彼女たちが頼れるのは、俺しかいない。

　しかし俺としても、とっさにはどうしていいか分からなかった。

　俺が三人より役に立つことがあるとすれば、それは現代の知識を生かすことと、タイムトラベル能力を使うことだ。

「ハルも布団を敷いて、寝かせるんだ。同じ部屋の方が看病しやすいだろう。あと、暑がっていたとしても、少なくとも腰から下は冷えないように布団を掛けて。それと、二人とも濡れ手ぬぐいで頭を冷やすのは、続けて。汗をかくかもしれないから、着替えと飲み水を用意しておいて。あ、生水はダメだ。煮沸して冷ましたのを飲ませるんだ」

　俺の指示に、三人はてきぱきと従ってくれた。

　そこに源ノ助さんの声が届く。

「拓也殿、啓助殿が来ておりますがっ！」

「啓助さんが？　ちょうどいい！」

万屋の啓助さんが、昨日話していた内職の資材を持ってきてくれたのだ。

そこで俺は彼に事情を説明し、医者に来てもらうように掛け合った。

啓助さんはすぐに了承してくれ、飛ぶように走っていった。

医者を呼んだ、という話に、少女たちは幾分安堵した。

しかし、これでまだ十分というわけではない。

この時代の医者は免許があるわけではなく、腕はそれこそピンキリのはずだった。

また、自動車など存在しないので、歩いてここまで来なければならない。一体どれほどの時間がかかるのか。

この状況に必要な物をいくつか思いついたが、それを手に入れるにはいったん現代に戻らなければならない。

タイムトラベル発生装置「ラプター」は、一度使用するとその後三時間、使用不可能となる。ならば「三時間ずらして戻ればいいではないか」と考えるかもしれないが、あいにく「ラプター」の使用可能周期は三百年と数十日。つまり、それ以前となると、今度は六百年前に「行けるかもしれない」という制限のある代物なのだ。

俺は三人の少女たちに「一時半（いっときはん）後に必ず戻ってくる」と言い残して、母屋を後にした。なお、この時代の「一時半」という表現は、現代の三時間にあたる。

俺は時間節約のため納屋の裏に駆け込み、誰も見ていないことを確認してその場所を「ラプター」に地点登録し、急いで現代へのタイムトラベルを実行した。

……長い三時間だった。

リュックを背負い、手にはクーラーボックスを抱え、江戸時代に帰ってきた。

納屋の裏から荷物満載で登場した俺に源ノ助さんは驚いたが、事情を説明している暇はない。

「医者は来ましたか？」

という俺の問いに、源ノ助さんは

「いや、まだ来られておりません」

とだけ応え、手が塞がっている俺に代わって玄関の引き戸を開けてくれた。

「拓也さん、帰ってきてくれたのですねっ！」

安堵したように出迎えてくれたのは、優だった。

「ああ、もちろん。二人の様子はどう？」

「ユキちゃんの熱はまだ下がっていません。あと、ハルちゃんも、ユキちゃんほどではないけど、やっぱり熱があって寝込んでいます」

「そうか……それで、意識がはっきりしないとか、痙攣を起こしたりとか、そんな様子はないかい？」

「いしき……けいれん？」

少し専門的な用語になると、さすがに分からないようだ。まあ、俺も『お家の医学』なる家庭用の医学書をついさっき見て得た知識なのだが。

とりあえず、直接診た方が早いと思ったので、すぐに彼女たちの部屋へと向かった。

早速容態の悪いユキの熱を、前回同様に測ってみる。やはり、四十度近い高熱のままだ。

そこで俺はクーラーボックスを開けて、その中身を、濡れ手ぬぐいを浸す桶の中に入れた。

「えっ……これってまさか、氷なのですか？」

凛さんが驚いた。

無理もない。彼女らにとって氷とは、真冬の寒い夜中に、水溜まりの表面に薄く張るもの、それしか知らないのだ。こんなに四角く、大きな塊がたくさん入ってることが不思議に思えて当然だ。

「ああ、この方がよく冷えると思ってね。俺たちの世界じゃ氷はこういう形で手に入る。それと、のどが渇いたと言ったら、これを飲ませると良い」

俺はそう言って、氷と一緒に入れて冷やしておいたスポーツドリンクのペットボトルを取り出した。

「これは……一体、何でできた容器なのですか？」

凜さんがまた興味を示す。

「……まあ、細かい疑問はまたあとで説明するよ。それよりも、ユキの熱を下げる方が先だ。良い薬を持ってきたんだ、これを使うといい」

俺はそう言いながら、リュックから小さく四角い紙箱を取り出した。

中を開けると、白く細長く、少しいびつな形のカプセルが現れる。

「分かった、これを飲ませればいいんだな？」

ナツが焦って俺の手からそれを取ろうとする。

「いや、違う。これは飲ませちゃダメなんだ」

「飲ませない？　じゃあ、どうするんだ？」

「これは『座薬』といって、お尻の穴に入れるんだ」

……十秒ほど、空気が凍り付いた。

「……貴様っ、ユキとハルのために一生懸命やってくれていると思ったのに……尻の穴に入れるだと？　熱を下げるのに、そんな破廉恥な薬があるわけないだろうっ！」

ナツは固く拳を握っており、今にも俺に襲いかかってきそうだ。

「い、いや、本当にこれはそういう薬なんだってば。ほら、ここにも書いてある」

俺は慌てて取扱説明書の絵を見せた。

「……本当、お尻に入れるように描いている……」

優の顔は少し赤くなっていた。

「しかし……そんなこと、すぐに納得できるわけが……」

「ナツちゃん、ここは拓也さんの不思議な力を信じましょう。冷たい氷を、こんなにたくさん持ってきてくれたんですもの、この薬だって相当苦労して手に入れてくれたに違いないわ」

うんうん、優はいつも優しくて、俺の味方だ。

「……分かった。ここは貴様を信用する。でも……誰がこれを入れるんだ？」

「ええっと、普通は自分で入れるけど、ユキ、自分でできるかな？　ダメなら……女の子だし、さすがに俺はやめておくよ」

その言葉に、ナツは少し安堵したようだった。

「だったら私がその役目、引き受けますわ」

名乗り出たのは、年長のお凜さん。ここは彼女の言う通りにしよう。

そして俺は、襖を隔てて隣の部屋に待機することになった。

「さあ、お雪ちゃん。お尻をこっちに向けて、四つん這いになってね」

「ふええん……ちょっと恥ずかしいよぉ」

「大丈夫、かわいいお尻ね。じゃあ、今から入れるけど……覚悟はいい？」

「うん……痛くしないでね」

「分かったわ。優しくするから……これでいいのかしら……」

「ふやうっ！」

「……入ったわ。どう？　痛い？」

「ううん、あんまり痛くないけど、なんか変な感じ……」

……たかが座薬を入れている声が聞こえるだけだが、なぜかドキドキしてしまう俺は、異常なのだろうか……。


部屋に戻ることを許可されたときには、ユキはもう布団の中に戻っていた。

「ハルちゃんは入れなくていいかしら？」

「ああ、さっき測ったら三十八度ぐらいだったから、普通にこの風邪薬飲んで寝てれば大丈夫だと思うよ。もっと高くなれば座薬を使えばいい」

そう言っても、三十八度とか四十度とか、彼女たちにはその基準が分からないし、そもそもデジタル表示の算用数字の読み方も知らない。

そこで俺は体温計の使い方を、数字の読み方も含めて教えてやり、実際に彼女たちに使わせて、平熱はこのくらいだと理解させた。

体温計を脇の下に挟むとき、優とナツの二人は俺に背を向けたが、凛さんだけは俺に見せつけるように胸元をはだけてくる。俺はすんでのところで目をそらせた。

そうこうしているうちに、啓助さんに連れられて、坊主頭で白い山羊髭（やぎひげ）の医者がようやく到着した。彼の歳は源ノ助さんと同じぐらい。早速診察してもらうことになった。

俺は部屋を出ようかと思ったが、凛さんの勧めで立ち会うことになった。

医者はユキの目を見たり、口の中を見たり、のどのあたりに触れたり。

寝巻きの上半身を脱がせ、胸からおなかのあたりを押したりもする。

現代の触診に似ていると、俺は思った。

ハルに対しても、同じように検査した。

上半身裸だから、当然彼女の胸も、俺は見てしまうことになる。

双子だから当たり前だが、胸の膨らみ方、整った形とも姉のユキとそっくりで、とても綺麗な印象を受けた。

まだギリギリ子供の体。俺は変な意識を持つまいと、なんとか耐えた。

医者の診断では、重い病気ではなく単なる「風邪」だが、こじらせたためにのどの奥の両脇、つまり「扁桃腺」が腫れていることが高熱につながっているということだった。

ハルも同じ風邪だが、のどはそこまで腫れていないという話だ。

暖かく安静にして、定期的に白湯を飲ませるように勧められた。

その際、湯飲み一杯につきほんのひとつまみ、塩を混ぜるようにとも指示された。

薬も出してくれ、その名前は「カッコントウ」と「ジリュウ」だった。

汗をかいて熱が下がれば両方とも使用をやめるように、との注意を受けた。

診察料は薬代も含めて「一分」、つまり一両の四分の一。

啓助さんによると、往診で、しかも二人診てもらってのこの値段は、相場より安い、とのことだった。

俺は個人的に、この先生は「当たり」だと思った。

ただ、出してくれた薬は、現代から持ち込んだ別の薬との成分の重複による副作用が怖いので、先生には申し訳ないが使わないようにと、看病する優たちにこっそり指示した。


医者が帰って二時間後には、座薬の効果てきめんで、ユキの熱はみるみる下がり、三十七度台に落ち着いた。

ハルも風邪薬の効果か、それ以上熱が上がることはなく、だいぶ症状が和らいだようで、夕方には二人とも「おなかがすいた」と言えるまで回復した。

俺は今回のタイムトラベルで現代の米と卵を持ち込んでいたので、それで優に雑炊を作ってもらい、二人に食べさせた。

「こんなにおいしいご飯、食べたことない」と、二人とも大喜び。食欲が戻ったのは本当に幸いだった。

ちなみにその雑炊、他の三人にも大好評で、双子が快方に向かっていることもあり、俺も含めて安心しておいしく食べることができた。

その夜、俺はこっそりと三時間ごとに現代と過去を往復し、さらに彼女たちに必要と思われる物資を運び込んだ。

翌日の早朝、日の出とともに母屋を訪れると、ユキとハルは相当回復しており、普通にみんなと囲炉裏部屋で食事できるようになっていた。

俺は納屋に置いていた、夜中に運び込んだ追加の米や果物、栄養ドリンク、新しい薬、石鹸や歯ブラシ、シャンプーやリンスなどの日用品にいたるまで、彼女たちが快適に生活できるよう、また、モニターとして使ってもらえるように、説明を加えながら運び込んだ。

凜さんや優、ナツも、次々持ち込まれる珍しい物に興味津々だった。

ようやく全て運び込んでほっとしたとき。

くるくると、世界が回った気がした。

どすん、という音とともに、俺はしりもちをついた。

……目が回って、立てない。

今度は、俺が寝込む番だった。

誰か看病、してくれるのかな……。

第7話　添い寝

俺は倒れたあと、すぐにユキ、ハルの隣の部屋に寝かされた。

ちょうどそのとき、昨日の山羊髭のお医者さんが往診に来てくれた。

頼んでいたわけではないのだが、昨日ユキの熱がかなり高かったこともあり、心配してわざわざ見に来てくれたのだ。

孫のようにかわいい彼女たちということで、特別に無料でいい、という。

うん、やっぱりいいお医者さんだ。

そしてわずか一日でここまで熱が下がり、元気になった二人の様子にかなり驚き、感心していた。

彼女たちの要望で、「ついで」に俺も診察してくれた。

熱もなく、のどの腫れもない俺に対して出された診断結果は「過労」。

考えてみれば前日は彼女たち同様、かなりドタバタした上に、夜は荷物の運び込みでほぼ徹夜だった。相当、疲労がたまっていたのだ。

俺の診察代はどうするか、と考えたのだが、さすがに無料では申し訳ないので、心ばかりのお礼に少し大きめの「鏡」を渡した。

ものすごくよく映る現代の「鏡」に先生は驚き、そして喜んで持って帰ってくれた。

ところで俺の容態だが、過労なら栄養ドリンクでも飲んでゆっくり寝ていれば治るはずだ。

しかし、彼女たちは

「私たちのためにこんなになってしまった。誠心誠意看病しなければ」

と、俺が寝ているそばで会議を始めてしまったのだ。

「……本来なら妹二人が世話になった私が世話をしなければならないのだが、年頃になってから母が亡くなり、父に男のように育てられたため、看病の仕方を知らないんだ」

（うん、ナツ。俺はその気持ちだけで嬉しいよ）

「じゃあ、私がタクの看病するっ！　『ざやく』入れたげるーっ！」

（ユキ、頼むからやめてくれっ！）

「いいえ、私が看病するのっ。だってご主人様だもんっ！」

（いや、ハル、いまいち理由が明確じゃないぞっ）

「二人とも、まだ風邪が治ってないんだから寝てなきゃだめよ。ここは私が、誠心誠意、心を込めて看病をさせていただきます」

「さすが凜さん。で、どんなことするの？」

「ナツちゃん。殿方がお喜びになる看病と言えば、やはり全裸になって添い寝し、人肌で暖めてあげるに限りますわ」

（……だ、だめだ凜さんっ！　そんなことされたら、ますます眠れなくなるっ！）

「だめ、姉さん。拓也さんに必要なのは休養って、先生がおっしゃってたじゃない。ここはそばでそっと見守ってあげて、なにか言付けを言われたら、それに従ってご飯を持ってきてあげたり、飲み物をお渡ししたりするのでいいと思います」

（さすが、優。よく分かってる。でも正直、そんなに気を使ってもらわなくていいんだけどな……）

そんなこんなで、なかなかどうするかまとまらない。

そのため、ますます俺は寝付けない。

最終的に、俺に誰に看病してもらいたいか決めてもらおうという話になった。最初っからそうすればよかったのに。

「いや、俺は一人で勝手に寝てるから、付き添いなんかいらないよ」

「そういうわけにはいきません。容態が急変したら、早期発見しなければ手遅れになりますわ」

「凜さん、大げさだなあ。じゃあ、どうしてもっていうのなら……」

俺は迷わず、優を指名した。

するとと彼女は、嫌な顔どころか、少し嬉しそうな表情を浮かべてくれた。これにはまた、ドキリとさせられた。

ユキとハルは大げさに落胆し、ナツは自分と妹たちが選ばれなくてほっとした様子で、凛さんは優が指名されたことを、なぜか喜んでいるように見えた。

こうして、部屋の中には、俺と優の二人きりになった。

しかし彼女はちょこんと正座して、じっと俺のことを見つめている。さすがにこれは気恥ずかしい。

「あの……優……」

「はい、拓也さん。おなかがすいたんですか？」

「いや、そうじゃなくて、そんなにずっと俺のこと、見てなくてもいいから」

「はい、ありがとうございます。でも、私のことはお気遣いなく」

にっこりと微笑む優。うーん、かわいい。けどその分、俺のそばでじっとしているだけなんて、やっぱり可哀想だ。

「その、あんまり見つめられると……なんか、余計に眠れないっていうか……」

「そうなんですか？　うーん、じゃあ……部屋の隅で、内職の続きでもしていますね」

「あ、ああ。それがいい」

真面目な優は、内職の材料一式を部屋に持ってきた。

そして俺の様子を時々見ながら、なにやら竹細工を作り始めた。

彼女の作業により、わずかに単調な音が聞こえてくる。それがちょうど子守歌のように、俺の耳に優しく響いた。

（うん、これなら眠れそうだ……）

実際、ものの数分で、俺は心地よい眠りについた。

どのぐらい眠っただろうか。

そんなに長い時間ではないと思うが、すっきりした気分で目を覚ました。

まだ少しめまいは残っているが、だいぶましになってきている。

すぐそばに、なにやら気配を感じて、顔を横に向けて驚いた。

（なっ……ゆ、優？）

さっきまで内職をしていたはずの優が、俺の布団の中ですやすやと寝息を立てていたのだ。

ただ、凜さんが言うような「裸」というわけではなく、ちゃんと部屋着を着ている。

しかし、なんというか……男の俺の布団に入ってくるなんて、凜さんに負けないぐらい大胆だ。

それにしても……その寝顔の、なんと可憐なことだろうか。

警戒している様子もなく、安心したような表情で、すやすやと眠っている。

思わず、抱き締めたい衝動に駆られるほど……愛おしく、俺の目には映った。

そんな俺の気配が伝わったのか、優はゆっくりと目を開き、きょとんと俺の顔を見つめ……そして、がばっと起き上がった。

「た、拓也さんっ、お目覚めになってたんですねっ！」

「あ、ああ。ついさっき。ちょっと驚いたけど」

「驚い……た？」

「ああ。まさか、君が隣で寝てるとは思わなかったから」

「えっ、だって拓也さんが『添い寝してほしい』っておっしゃったから……」

「ええっ、俺が？」

「……覚えて、ないんですか？」

ちょっと気まずそうな、悲しそうな表情を浮かべる優。

「あ、いや……うわごとで、言ったかもしれない。その……そう思ってたから……」

つい、本音が口に出た。

一瞬、しまったと思ったが、意外にも優は笑顔になった。

「だったら、よかったです。拓也さんが望んでくれていたのなら、そうするのが私の役目ですし」

「いや、あの……でも、決して、その、いやらしい意味で言ったんじゃないから」

「はい、分かってますよ。拓也さん、優しいですから」

うう、なんて良い子なんだ。こんなにされたら、俺は本気で優のことを……。

「それで、ご気分、どうですか？」

「ああ、だいぶ良くなった。まだ、ちょっとめまいが残っているけど」

「まあ、それじゃあ、もう少し寝てなきゃだめですよ。……で、私はどうしましょうか？」

ちょっと、赤くなってもじもじしながら聞いてくる。

「じゃあ、その……本当に、嫌でなかったらでいいので……添い寝、続けてほしい」

言っちゃった。

彼女はぱっと表情を明るくして、

「はい、承知しました」

と言って、再び俺の布団の中に潜り込んできた。

お互い仰向けになり、肩をぴったりとくっつけて隣にいる優。

……なにやら、襖が少し開いており、こそこそと話し声が聞こえる。

（優、うまくやりましたわね）

（まあ、私としては優とくっついてくれる分には文句はないけど）

（私も見るーっ！）

（私もーっ！）

（だめ、二人ともまだおとなしく寝ていなさい）

（ふぇーん……）

（あの内気だった優が……同い年ですし、気も合うんでしょうね）

（まあ……いいんじゃないですか。……そっとしておいてあげましょう）

……見られているのは分かったが、それも嫌な気分ではなかった。

優も、たぶん分かっていた上で添い寝してくれている。

俺は、この上なく幸せな気分になった。

そして、もう確信に変わっていた。

俺は、優に恋している――。

しかし、急速に仲良くなってしまったそのことが、のちに引き裂かれるかもしれない二人の運命を、より過酷なものへと変えてしまったのだった。

第8話　十三夜

旧暦の九月十三日。いわゆる十三夜の月が、前田邸の庭を照らしていた。

俺は、呆然とその名月を眺めていた。

明日が、少女たちの買い取り代金の支払日だった。

しかし、俺はその資金を貯めることができなかった。

あがいて、もがいて、かけずり回って。

自分自身、莫大な借金を背負うことになって。

それでも、全く足りなかった。

(俺は一体、なんのためにこの時代に来たんだ……)

思い起こせば、最初はただの「実験」だった。

それが「金儲け」に変わった。

ところがあの日、あの場所で「身売りっ娘」たちと出会ってから、日々の生活が一変した。

ドタバタに巻き込まれながらも充実した日々だった。

凜さんはいつも、からかい半分に俺を誘惑し、ドキドキさせてくれた。

俺は知っている。彼女が、「他の子たちを救って」と言うことはあっても、決して自分を救ってとは言わなかったことを。

ナツは、いつも俺に対して厳しい目を向けていた。だから、プライドの高い彼女が涙を浮かべ、「土下座」までして二人の妹を俺に託した姿を、俺は一生忘れることができないだろう。

ユキは、高熱で寝込んだ日を除けば、いつも本当に元気だった。そして実の妹のように、いや、それ以上に俺に懐いてくれた。たまにイタズラされて困ったこともあったが、今となってはいい思い出だ。

ハルは、結局最後まで俺のことを「ご主人様」と呼び続けた。そのほんわかした笑顔に、俺は連日癒された。彼女とのある小さな「秘密」を、他の少女たちに明かすことはないだろう。

そして――そして、一番仲良く、本気で好きになってしまった優。

その笑顔、ちょっとすねた顔、怒った顔、泣いた顔。

いろんな表情が、鮮明に思い出される。

俺が寝込んだとき、添い寝してくれたこともあった。

どうしようもなく落ち込んだとき、俺の背中に抱きついて、励ましてくれたこともあった。

明かりが消え、真っ暗になった部屋の中で、密かに抱き締め合ったこともあった。

だが、俺はそんな彼女すら、救い出すことができない。
彼女は明日の夜には、もう別の男のものになってしまっているのだ。
夕刻までに、数百両もの大金を稼ぐ奇跡を起こさぬ限り——。
俺はもう一度、あの幸せだった日々を噛みしめていた。

第９話　恐悦至極に存じますっ！

十三夜から二十日あまり時を遡る。

ユキ、ハルの双子は熱も下がり、俺もすっかり元気になっていた。

ただ、この日、俺は今までの人生で一番緊張していた。

阿東藩藩主・郷多部元康公に謁見すると聞かされていたからだ。

なんでも、現代から持ち込んだインスタントカメラ「シャキ」や、映りが抜群にいい「鏡」が、お殿様の目に留まったのだという。

うまく取り入ることができれば商人としての身分が与えられ、商売の幅が広がる。

しかし万一機嫌を損なうようなことがあれば、その場で成敗される可能性もあるという。

啓助さんの話では、「大層立派な方だという噂なので、たぶん大丈夫だろう」ということだ。

「噂」とか、「たぶん」とかやめてほしいのだが、啓助さんも会ったことがないそうなので、しょうがない。

朝五ツ（午前八時頃）、俺と啓助さんは、迎えの使者が来るという城下町近くの茶屋で待ち合わせ。

この時間、茶屋はガラガラだった。

やがて被り笠で顔を隠したお侍さんが三人、茶屋の中に入ってきた。どうやら、お殿様の使者に間違いなさそうだ。

俺と啓助さんは、事前に番頭さんから聞いていた作法通り、すぐに跪こうとした。

するとその三人は、まあそう固くならずに、と俺たちを椅子に座らせ、自分たちも卓を挟んで反対側の席に着いた。

一番左側のお侍が小さくつぶやく。

「これから見聞きする内容は、くれぐれも他言しないように」

もちろん、俺たちは「承知しました」と神妙に頷く。

するとその真ん中の人が笠を上げ、その顔を見せてくれた。

「余は、阿東藩藩主・郷多部元康だ」

…………。

ええーっ！　お殿様、本人じゃないかっ！

俺も啓助さんも思わず叫びそうになるが、にわかに信じがたいことでもあったので、なんとか自重した。

「私は護衛を努めます尾張六右衛門（おわりろくえもん）と申すものです」

「同じく、護衛の羽生育次郎です」

左右のお侍がそれぞれ挨拶をする。

「余と城内で公式に会うことは、藩士でないと許されないしきたりなのでな。忍んで領内を視察中、偶然茶屋で会ったという体裁を取らせてもらう」

……ひえぇぇ……そんな面倒なしきたりがあるんだ……。

改めてお殿様のお顔をちらりと見てみると……一言で言うと、「渋い中年のお侍」だ。

確かに威厳のようなものも感じるし、鋭い目で格好いい。体格も大きく、強そうだ。

左右の二人はまだ二十代前半ぐらいに見えるが、かなりいかつい顔をしていて、怖い。

「仙人と呼ばれているのは……そっちの男子だな。確かにこの国の者とは少し違うようだ」

うう、一目で見抜かれた。

「はい、私です」

「で、実際のところはどうなんだ？　本当に仙人というわけではあるまい」

「いえ、あの……『仙人』が『理解しがたい不思議な能力を持つ人間』という意味なら、そう言えなくもないというだけです」

「回りくどいな……では、質問を変えよう。おまえの故郷は何里ほど離れた場所なのだ？」

うう、結構ガンガン鋭く突っ込んでくる。ここはもう、正直に話してしまおう。

「いえ、距離の問題ではありません。正確に言うと、私は三百年後の世界からやってきたのです」

「……三百年後？」

左右のお侍、六右衛門さんと育次郎さんが驚く。

「ほう……未来から来たと申すか。それで『しゃき』も『鏡』も、その時代から持ってきた物か」

「さようでございます」

俺は時代劇の口調を真似て、冷や汗をかきながらなるべく丁寧に話す。

「では、未来と今を行ったり来たりできるのだな？」

「はいっ、ただ重量の制限と時間の制限があります。大量の荷物を短時間のうちに運んだりすることはできません」

「ふむ……では問うが、三百年後、我が藩および郷多部家は、どうなっておる？」

「……三百年後、『藩』という呼称そのものがなくなり、日本は一つの国家として成り立っています。けれど、郷多部家は現在でも地元の名家として、市長や国会議員……いや、大臣さえも輩出されています」

「ほう、大臣まで？　しちょう、とは？」

「はい、簡単に言うと、阿東市十六万人の長、ということになります」

それは事実だった。郷多部家は現代でも大きな権限を持っているのだ。

「……十六万人の長、か。それはすごいな……まあ、三百年後も郷多部が存続しているならそれで構わない。ところで、その時を超える能力、おまえ以外にも持っている者がいるのか？」

「いいえ、幸か不幸か、私だけです」

「うむ……今のところ、答えに澱みはない。にわかには信じがたいが、本当のことを申しておるようだ」

お殿様は、しばらく考えを整理しているようだった。

「まあ、いいだろう。おまえには不思議な力があり、珍しい品物を持ってくることができる。その事実は間違いない。ただ、欲を言うならば、その珍しい品物が我が藩に大きな富をもたらすほどのものであってほしいと、余は思っているのだ」

「藩に、富をもたらす……」

「そうだ。確かにおまえの『しゃき』も『鏡』もすばらしいが、たとえば我が藩の『専売品』になるほど数が揃えられるものではないのだろう？」

「それは……その通りです」

「正直だな。余としては、藩全体が豊かになってほしいのだ。そうすれば、今おまえが携わっている『身売り』をするような少女も出てこなくなるだろう」

お殿様の言葉に、俺は驚いた。

「ご存じでしたか。でも、私が身売りに直接関わっているわけではありません」

「分かっているさ。おまえは売られていく少女たちを助けたのだろう？　今時珍しい奴だ」

「そこまでご存じでしたか」

「ああ。玄斎を通じて聞いた」

「げんさい……？」

「知らぬか？　坊主頭に白ひげの医者だが」

「……ええっ！　あのお医者様がっ！」

心底驚いた。

「あれは名医だが、欲がないというか、藩専属の医師になりたがろうとせん。ただ、余とは旧知の間柄なので、たまに世俗の情報を教えてもらっているのだ。そしておまえの話題が出た。感心しておったぞ、『少女たちのため自分が倒れるほどかけずり回り、そして彼女らに心から心配されていた』と」

「あの方が……そんなことを……」

「それから、娘たちをかくまうことになった経緯も聞いている。これは源ノ助が玄斎に詳細に話したことらしいが」

「……源ノ助さんのこともご存じなのですか？」

「ああ、余の元家臣だからな。引退したあと暇に耐えかねて、たまに用心棒のような仕事をしているようだが」

……そんなにすごい人たちだったんだ。

「おまえがただ珍しいものを売り歩くだけの人間だったなら、余は会おうと思わなかっただろう。だが、窮地に立たされた娘を五人も助けようと行動を起こしたと聞き、どんな若者か、見たくなったのだ。なるほど、おまえは澄んだ目をしている。頭も良さそうだ。そして多くの者に信頼されている。今日も、なにかごまかすような様子もなく、全てありのままを話した正直者のようだしな……よかろう、おまえに商人としての身分を与えよう」

「あ……ありがとうございますっ！」

やった！　これで商売がやりやすくなるっ！

「おまえの不思議な能力に期待している。さっきも言った通り、この藩は……特に今年は夏の嵐により稲が倒れ、凶作となり多くの民が苦しんでいる。身売りする者も多数おり、それゆえにおまえのところの娘だけ特別扱いするわけにはいかぬ。ただ、最低限の権限だけは与えよう。精進し、もっと大きな商売を営むようになれば、さらなる権限を与えることも可能だろう。そうやって、少しでもこの藩を豊かにしてくれることを願う」

「はい、恐悦至極に存じますっ！」

俺は知っている最大限の敬語を使った。これが正しいのかどうか分からないけど。

それにしても、このお殿様、本当に噂通り、立派な方のようだ。

なるほど、このような精神がずっと現代まで伝わり、その結果、今でも名家として君臨しているんだろうなと感心した。

そこまでで、事実上の謁見は終了だった。

両脇の護衛の方が、そろそろ時間ですと、お殿様を催促する。

うむ、と返事をし、立ち上がろうとしたとき、お殿様は少し顔をしかめた。

「……ひょっとして、具合がお悪いのですか？」

今まで話を聞くだけだった隣の啓助さんが、初めて口を開いた。

「ああ……少し胃を痛めている。玄斎には心配のしすぎだと言われたが」

ストレス性の胃炎、胃潰瘍かもしれない。

なかなかやっかいな病気だが、現代では新薬「H２ブロッカー」の登場で、比較的治しやすい病気となっている。

俺はこの三日後、お殿様に「H２ブロッカー」成分入りの胃薬「ケスター１００」を十箱献上し、ますますの信頼と一両の褒美をいただくことになるのだった。

夕刻、前田邸にてお殿様との謁見がうまくいったことを話すと、出迎えてくれた少女たちの表情が一気に明るくなった。

といっても、すぐに大きな稼ぎにつながるわけではない。

それでも、希望は見えた。彼女たちにとっては、それで十分だったのだ。

みんな、安心して母屋の中に戻っていく。ただ、凜さんだけが残った。

「拓也様、本日は本当にお疲れさまでした。お礼といってはなんですが、ちょうどお風呂が良い湯加減で沸いております。入っていかれてはいかがでしょうか」

「お風呂、ですか……」

俺はなんとなく、定番で王道でテンプレでフラグ的な何かを感じて警戒した。

「まさか、凜さんが俺の背中を流しに入ってくる、なんてことはないでしょうね」

「あら、お望みでしたらそういたしますが」

「いやいやいや、それは困る」

すると、凜さんは悲しそうな顔をする。

「いや、あの……凜さん、あまりに綺麗だから、その、冗談で済まなくなるというか……」

「あら、そういうことですの。でも、それならば心配いりませんわ。私は拓也さんの背中を流しに入ったりしません。私は、ね」

凜さんは意味深な笑みを浮かべた。

刹那、トクン、と鼓動が高まった。

凜さんは、入ってこない。ただ、凜さんは、というのを強調している。

なら、ひょっとして、優が……？

「……分かりました、お風呂、いただきます」

俺の期待は、頂点に達していた。

第10話　お背中、流しますっ！

俺はその日、一番風呂を満喫していた。

この家の風呂は納屋と母屋の間に存在し、無駄に広い。六畳ぐらいあるんじゃないだろうか。

脱衣所も完備されており、以前は主人はもちろん、その家族、そして使用人も使っていたらしい。

ちなみに、源ノ助さんはこの風呂を使っておらず、夜になって見張り対象である五人の少女を閉じ込めた後に、定期的に湯屋、つまり銭湯に通っているという話だった。

彼女たちが一人ずつ入ると時間的にも薪代的にも無駄になるので、二、三人ずつ交替で入っているという。

俺が今、一人で一番風呂に入っているということは、つまり、とても贅沢なことなのだ。

そしてこの風呂場には、彼女たちが快適に暮らせるよう、そしてうまくすれば高く売れる商品がないかのモニターもかねて、体を洗うためのスポンジやボディーソープ、シャンプー、リンス、タオル類などのグッズを俺が持ち込んでいた。

ボディーソープのボトルを持ち上げてみると、量もそこそこ減っており、使ってくれているんだなあ、と考えていたとき、脱衣所の扉が開き、誰か入ってきた。

凜さんでないことは、さっきの会話で確認している。

そして俺は、それが優であることを、心の奥で期待していた。

高鳴る鼓動、そしてとても長く感じるその時間。

ちょっと湯が熱く、のぼせそうだったので、湯船から出て椅子に座って待っている。

風呂場の入り口、つまり脱衣所の方は、精神的に直視できない。

反対側の高い位置にある窓から、やや欠けている月や星々を眺めていた。

ガラガラガラ、と風呂場入り口の引き戸が開かれた。

（来たっ！）

アドレナリンか何かの、いわゆる「脳内麻薬」が分泌されるのが実感できる。

「「お背中、流しまーすっ！」」

かわいらしい声が、ハモって聞こえた。

えっ……ハモって？

ちらっと、本当にちらっと後ろを振り返ると、そこにいたのは一応タオルで腰のあたりを隠した、ユキ、ハルの双子だった。

「この子たち、どうしても風邪ひいたときのお礼がしたいっていって……それで、お背中流したいんですって」

凜さんの、少しからかうような声が聞こえた。

……やられた。これは不意打ちだ。

まず、来てくれたのが優でないという落胆と、ある意味での安堵。

そして十三歳という微妙な歳の、しかもかなり美形の女の子が二人も、裸で俺の背中を流してくれるという、なんというか、イケナイことをしているような罪悪感と、それに相反するハーレム感。

……いや、これはイケナイ感の方が強い。

二人はキャッキャとはしゃぎながら俺の背後に回り、スポンジにボディーソープを付けて俺の体を洗い始めた。

後ろを見ることはさすがにちょっとためらわれるので、心を落ち着かせるため、もう一度月でも眺めようと窓の方を見ると……。

「うわあぁ！」

思わず声が出てしまう。

こちらをキッと睨む恐ろしげな顔が、そこにあったのだ。

「……ナツか。驚かすなよ……どうやってそんなところによじ登ったんだ？　それに、何してるんだ？」

「当然、貴様が妹たちに変なことしないように、見張っているんだ。踏み台を二つ重ねている」

……あの、これって完全に「逆覗き」なんですけど……。

「拓也さん、湯加減、いかがですか？　ぬるくなったらもっと薪をくべますので、おっしゃってくださいね」

これは優の声。彼女が風呂の焚きつけ係だったか。これでは来てくれるはずがない。

俺は少し落胆しながら

「まだ大丈夫だよ。熱いぐらいだ」

と答えておいた。

すると、ガラガラガラと、また風呂場の扉が開いた。

ぎょっとしてそちらをちらっと見てしまい、さらに驚いた。

「り、凜さんっ！　どうして？　来ないって言ったのに」

「あら、私は『拓也さんの背中を流すことはしない』って言っただけですわ」

「じゃあ、どうして……」

「お雪ちゃんとお春ちゃんの背中、洗ってあげようと思って」

……完全にやられた。

これは……まずい。ぎりぎり子供の二人だけならまだしも、凜さんの裸まで見てしまったならば、俺は「興奮状態」になってしまうかもしれない。

そしてそんな俺を、窓から監視しているナツに見られてしまったならば……。

「ちょ、ちょぉっと待ってくれっ！　あの、その……凜さん、これはやりすぎだっ」

少し感情的に凜さんを非難してしまった。

「やりすぎ？　今の状況がですか？」

「そうだよ。俺はここまで望んでいたわけじゃないのに」

「……ではお伺いしますが、もし私たちが別の場所に『身売り』されていたとして、こんな状況は『やりすぎ』と言えますか？」

「……それは……」

凜さんの冷静で真面目な口調に、俺はハッとした。

「私、思うんです。私たち、拓也さんに相当『甘やかされて』いるんじゃないかって。……あの日、あの河原で、みんな不安で、怖くて、怯えていました。噂でいろいろ聞いていましたし……どんなひどい仕打ちを受けるんだろう、どんなつらい日々になるんだろうかって。それなのに、この家に来てから……まだ数日ですが、つらいどころか、楽しいと思う日ばかり。こんな日が、ずっと続けばいいですよ。でも、あと二十日あまりで、また身売りされてしまう。そのとき、今みたいな生活しか知らない私たちでいいんだろうかって」

凜さんの重い言葉に、ユキとハルの、俺の背を洗う手が止まった。

彼女たちも、うすうす知ってはいたのだ。「身売り」が、本来とてもつらい現実であるはずなのだ、ということは。

「優、お夏ちゃん、あなたたちもそうですよ。今、拓也さんだから気さくに話したり、言いつけに背いたりしてるけど……本来、それは許されることではないし、ご主人様の怒りに触れれば、殴られたり、蹴られたりすることだってあるの。それが、そんな生活が、もうすぐやってくるのよ」

……二人から、反論はなかった。

「今日、この場が、その練習とまでは言いませんけど……みんなには、その自覚を持ってもらいたくて」

俺は、考えを改めた。

凜さんは、決してからかい半分で、ふざけて今の状況をつくったわけじゃなかった。

たぶん、こうなる展開を予想して、さっきの話をしたくて、この場を用意したのだ。

「たとえば、今外にいる二人、拓也さんが『体洗ってほしい』って言ったとして、私たちと一緒に裸でこの場所に入ってこれる？　その程度の覚悟もなければ、本当に『身売り』されたら、到底やっていけないわよ」

　うっ……今日の凜さん、なんかすごく厳しい。

「……私は、できる。タクヤなら……いや、この身を買ってくれた人の命令ならば、それが屈辱的な命令であっても従う。それでユキとハルが救えるなら。なんなら、今からそうしても構いません」

　そう言葉を残し、窓から彼女の顔が消え、そしてスタスタと足音が聞こえる。

　げっ、ナツ、本気だ！

「だったら……私も、覚悟決めます」

　ゆ……優までっ！

　裸の五人の美少女に、一斉に体を洗ってもらう。

　そんなハーレム的な状況が、今実現されようとしている。

　しかし、俺はその一瞬の気の迷いを振り払った。さっきの凜さんの言葉が、あまりにも重かったからだ。

「みんなちょっと待ってくれ。そもそも、前提がおかしいっ！」

　俺の叫びに、全員の挙動がピタリと止まる。

「なんか、期日までに俺が資金を揃えられないことが前提になっているみたいだけど……そんなことはない。起死回生の一手は、もう打っているんだ」

「……でも、五百両ですよ」

凜さんの声は懐疑的だ。

「確かに、ちょっと時間がかかるし、運に左右される面もあるけど……決してバクチじゃない。損することはないし、勝算もある。それが決まれば、君たちを正式に買い取ることができる」

「……でも、確実じゃないんですよね？」

「そう。だけど……俺は、この家での生活は、みんなにとって楽しいものであってほしいと願っている。なぜなら、万一身売りされたとしても、その先でこの生活を思い出して頑張ってほしいからだ」

「……拓也さん、それは逆に残酷なのでは……」

「いや、万一の場合でも、俺は時間がかかったとしても、必ず君たちを買い戻す。必ず、だ。それまで、つらいかもしれないけど、我慢してほしい。そう願っているんだ」

嘘偽りのない、本心だった。

「それに……まだ数日だけど、君たちと一緒にいて本当に楽しかった。ユキとハルが熱を出したりと、ドタバタしたこともあったけど、それもいい思い出だ。だから、この生活をずっと続けたいって、心から願っている。そしてそれにお金を払う価値があるとも」

「……拓也さん、あなたという方は……本当に……」

凛さんは、心なしか、涙声になっているようだ。

「私、心底感動しましたわ……お礼に、ささやかながら、お背中、流させていただきますわ」

だあぁ、約束が違うっ！

「ちょ、ちょっと待って！　そんなに一度に体洗ってもらっても、何が何だか分からなくなっちゃうよ」

「そうですか？　でも、今、せっかくみんなやる気になっているのに、もったいないですわ」

「いや、そういう問題じゃなくて、そもそも俺が最初期待していたのは、優一人が入ってきてくれることで……」

……言っちゃった。

一瞬、風呂場の周囲の時間が止まった気がした。

「優、ご指名だけど……どうなの？」

「……拓也さんがお望みなら……」

……こうして、俺と優はその夜、混浴することになった。

えっ……マジでっ？

第11話　混浴

俺と優は、肩を並べて湯船に浸かっていた。

二人とも正真正銘、一糸纏わぬ生まれたままの姿。

それで構わないと、優が申し出たからだ。

ただ、彼女が一体どんな表情ですぐ隣にいるのかは知ることができない。

明かりを全て消す――俺がそれを提案したからだ。

理由は、「その方がお互い緊張せず打ち解けられるだろうから」だった。

先ほどまで見えていた月も薄雲に隠れ、お互いに顔や体の輪郭がぼやっと見える程度。

それでも、俺はこの上なく幸せな気分に浸っていた。

「優……本当に嫌だとは思っていない？」

「ええ……ユキちゃんもハルちゃんも、お姉さんもそんなふうじゃなかったでしょう？　拓也さん、あなたはたぶん特別なんです。なんていうか……『女の子に警戒心を抱かせない』っていうか……」

「そうか？　少なくともナツには警戒されっぱなしだと思うけど」

「ナツちゃんは、妹たちを大事にしているだけだから。その彼女でさえ、ユキちゃんとハルちゃんを、拓也さんと一緒にお風呂に入れてあげたでしょう？　信用されている証拠です。それに……さっき、ナツちゃん自身も入ろうとしてたし」

「いや、あれはムキになってただけだろう。……君もだけど」

「そう……ですね。今考えると、すごく恥ずかしいです」

このセリフ、どんな表情で話しているんだろう。たぶん、真っ赤になって下を向いているんだろうな。

「拓也さんって、仙人……なんですよね？」

「いや……お殿様に会ったときにも話したけど、本当のこと言うと、俺は三百年後の未来から来たんだ」

「三百年……後？」

「ああ。信じられないだろうけど……まあ、別の世界、と思ってくれて間違いないよ」

「はい……その世界では、あの……身売りとかって、あるんですか？」

「身売り、か……『売られて、強制的に』っていうのはないと思う……たぶん」

「それは、凶作の年もですか？」

「凶作？　……正直、考えたことなかった。それが原因で食べ物に困るようなことはまずないしね」

「食べ物に困ることが……ない？」

彼女からすれば、なかなか理解できないことなのかもしれない。

「豊かな世界なんですね……私も、行ってみたい……」

「ああ。いつか……いや、近いうちに連れていってあげられるような気がする」

「本当に？　だったら……嬉しいです……でも、今日、どうして私の名前を出してくれたんですか？　姉さんの方が綺麗だし……」

「君も綺麗だと思うけど……まあ、正直に言うと、凛さんは俺にとっては大人すぎるし、ユキやハルは子供すぎる。ナツは俺と仲良くなりたくないみたいで、かなり厳しく接してくるし……」

「そうですか？　ナツちゃんは言葉使いがちょっと男の子っぽいだけで、拓也さんのこと嫌ったりは全然してないと思いますけど……それで、残ったのが私っていうわけですね」

なんか自己解決したみたいだけど、それは違う。

「いやいや、そんな残り物みたいなんじゃなくて……なんていうか、癒されるっていうか……」

「癒される……」

「うん、まあ、分かりやすく言えば、一番一緒にいたいと思ったから、つい口に出ちゃったっていうことだよ」

「そ、そうなんですか……すごく、嬉しいです」

真っ暗な中での混浴は、思ったより緊張も興奮もせず、「落ち着く」ことができた。

裸を見ることもないし、あちこち触ったりするわけでもないし。

まあ、触らないのは優に嫌われたくないからだけど。

正直なところ、もう少し一緒の時間を過ごしたかったけど、他の娘が風呂を待っているだろうし、源ノ助さんにも戸締まりの時間をずいぶん待ってもらっている。

これだけ暗いと体を洗ってもらうのは無理なので、もう出よう、ということになった。

足下がよく見えないので、俺と優は手をつないでゆっくりと脱衣所に戻る。

脱衣所はさらに暗い。優がそこにいる、ぐらいにしか見えない。

これは手探りで服を探すしかないかな……そう思った刹那。

「きゃあっ！」

優の短い悲鳴。

そしてこちらに倒れかかってくる、彼女の体。

俺はとっさに彼女を受け止めた。

……彼女は今、裸で俺に抱きついている。

俺の鼓動は、優に聞こえるんじゃないかと思うほど速く、大きくなっている。

「……ごめんなさい、足下が滑って……」

それに対して、俺は何も言わない。

彼女の柔らかい感触が、俺の胸に触れている。

暖かい。

みずみずしく、張りのある肌を、彼女の背に回した俺の掌と指が感じ取っていた。

「拓也……さん？」

愛おしい……手放したくない……。

俺は衝動的に、彼女の体を、もう少し強く抱き締めてしまった。

「拓也さん……」

彼女の腕にも、力が入るのを感じた。

優の方からも……少しだが、俺を強く抱き締めてきたのだ。

「……何かあったのか？　悲鳴が聞こえたけどっ！」

脱衣所の外から不意に聞こえたナツの声に、俺と優は慌てて離れた。

「ううん、私がちょっと足を滑らせただけ。大丈夫だから」

「なんだ、そっか。私はまたてっきり、タクヤに変なことされたのかと思ったよ」

……ナツは勘が鋭いから怖い。

その後、なんとか二人とも手探りで服にたどり着いて、身につけ始めた。

しかしその間、ずっと違和感を覚えていた。

おかしい。なんというか……うまくいきすぎている。

俺が先に服を着終わって、優も終わったということなので、持ち込んでいたＬＥＤランタンの明かりをつけた。

優は、少しのぼせていたのか、あるいはまだ恥ずかしがっていたのか、顔が赤かった。

どうしようか迷ったが、俺は優に疑問点を尋ねてみた。

「さっき抱きついてきたの……凛さんに言われたのかい？」

優は一瞬、ハッとした顔になり、そしてあきらめたような表情に変わった。

「拓也さん……ごめんなさい、その通りです……なんか、試練のうちだとか言われて……拓也さん、喜ぶはずだからって……いえ、全然試練とか思ってないですけど」

「なるほど、ね。あんな偶然、なかなか起きないと思ってたんだ。でも、正直、嬉しかったし、今もちょっと、喜んでるっていうか……いや、変な意味じゃなくて、なんていうか……」

「……はい、私も……そう言ってもらえるなら、嬉しいです……」

さっきより一段と真っ赤になった優。正直、すごくかわいい。

「お二人さん。そろそろナツちゃんがお風呂に入りたがっているから、代わってあげて」

凜さんの声が聞こえた。

「はい、ごめんなさい。じゃあ、拓也さん、今日はこれで」

「ああ、ありがとう」

優は、真っ赤な顔のまま、いそいそと自分たちの部屋に帰っていった。


「……拓也さん、純情なのに頭がいいから困りますわ。私の作戦、見破るなんて」

凜さんが、帰ろうとする俺に対し、呆れたように声をかけてきた。

「なんか、違和感があったから。そんな偶然あるのかな、と思って……実際のところ、優に、なんて指示を出してたんですか？　足を滑らせて抱きついてきたのは、演技だったんでしょう？　試練とか言ってましたが」

「……そうでも言わないと、あの娘、自分からは何も行動しませんから。それと、こうも言いましたの。『もし、受け止めてくれて、そのあとすぐ離さずに抱き締めてもらえたなら、あなたに気があるから』って」

……恐ろしい心理作戦だ。

「その表情じゃ、優のこと、抱き締めていただけみたいね」

「え、いや、まあ……でも、正直、その後、演技でも嬉しかったです」

「その後って、なんのことですの？」

「えっ？」

俺の間の抜けた返事に、凜さんはニコッと笑顔になった。

「私は、『もし拓也さんに抱き締めてもらえたなら、あとは自分でどうするか考えなさい』って言っておいたのですよ」

……じゃあ、あのあと、彼女の方から俺に強く抱きついてきたのは、自分の考えで……。

俺は「混浴をした」という事実よりも、その抱き締め合ったほんの数秒のことが、それまでの人生で一番嬉しく感じられていた。

第12話 ファーストキス

旧暦の八月二十三日。

俺と啓助さん、さらには万屋全体の協力を得た「起死回生の一手」はまだ結果が出ておらず、ただ成功した場合に備えて準備だけを整える日々が続いた。

その日、夕方近くに前田邸へ帰ると、優と凜さん、そしてナツ、ユキまでもが血相を変えていた。

「ハルが、どこにもいない……」

その言葉を聞いた時点では、母屋の押し入れの中かどこかで昼寝でもしているのだろうと軽く考えていた。

しかし、それはこの共同生活始まって以来の大ピンチだった。

ハルは前田邸の敷地内から出てしまっていたのだ。

詳しい経緯を聞いてみると、昼過ぎにハルとユキは暇をもてあまし、敷地内で「かくれんぼ」をして遊んでいたという。

ところが、ある時点から急にハルの姿が見えなくなった。

ユキがいくら探しても、「もう出てきてよっ」と呼びかけても、返事がない。

他の三人も、家事や内職を中断してまで探したが、どうしても見つからないのだという。

源ノ助さんには、「かくれんぼ」をしているぐらいにしか話していないという。

もし、敷地内から出ていってしまったなどということになれば、それだけで万屋との契約違反となり、最悪の場合、ハルは「連れていかれる」。

もちろん、この家に帰ってくることはできず、きつい仕置きをされたあと、「身売りされた娘」ということで男たちの慰みものにされてしまうだろう。

まだ十三歳の女の子がそんな目に遭うなんて、想像したくない。

俺は「ひょっとして」という思いで、敷地の外を探すことにした。

もちろん、源ノ助さんに悟られてはいけない。

五人娘とは現代から持ち込んでいた「トランシーバ」で連絡を取ることが可能だ。

重くても数日前に持ってきておいてよかった。彼女たちに使い方を教えるのは骨が折れたが。

その捜索は面倒なものだった。

彼女の名前を大声で呼ぶわけにはいかない。源ノ助さんに気づかれてしまう。

前田邸は小さな山の中腹にある。したがって、庭から続く坂を下りないと敷地からは出られない。

庭の反対側、つまり母屋と納屋の裏は、山のさらに上に続く崖となっており、到底登ることはできない。

問題は、離れの裏。

一応柵はあるものの、それを越えると下に続く崖になっている。

もし誤って転落していたのならば……。

その場所は自然木や雑草が茂る、小さな林になっている。

ここで倒れていたりすることがないよう、祈るような気持ちで探すが、彼女の姿を見かけることはなかった。

トランシーバで優たちに連絡を取るが、敷地内ではやはり見つかっていないという。

（まさか、人さらい……？）

焦る気持ちはどんどん強くなっていく。

もう日は落ち、あたりは薄暗くなってきている。

このままだと、源ノ助さんが玄関に鍵を掛ける時間となってしまう。

その際、女の子がきちんと揃っているか、確認される。

俺が前田邸に帰っていれば、多少は鍵を掛ける時間を遅くしてもらえるが、そうすると屋外でハルを探すことができなくなる。

もう、タイムリミットが迫っている。源ノ助さんに正直に事情を話し、捜索に加わってもらうべきか……。

俺はもう一度だけ、崖下の林を探してみた。

（ふえええぇん……）

……一瞬、女の子の泣き声が聞こえた気がした。

「ハルッ……ハルなのかっ！」

このときだけは、俺は少し大きな声を出した。

「……ご主人様？」

……聞こえたっ！　こんな言葉を発するのは、ハルに間違いない。

「ハル、どこだっ！　ハルッ！」

「ご主人様あぁー！」

それはさっきの林の奥、しかも地面の下から聞こえてくるではないか！

あたりはだいぶ暗くなっていたが、俺はＬＥＤ製の小型懐中電灯を持っている。ヘッドライトにもなる防災グッズだ。

声がした場所の地面には、一メートル四方ほどの格子状の金属が埋まっており、表面の半分以上が土と雑草で覆われていた。

俺はそれを払いのけ、ライトの光を当てる。

「ご主人様っ！　ごめんなさいぃー」

そこは縦穴になっており、すぐ真下で泣きじゃくるハルがいた。とりあえず、大きな怪我とかはしていないようだ。

俺は彼女にいったん蓋の下から離れるように指示し、そして渾身の力でその金属を持ち上げた。

意外とあっけなく蓋が外れたので、すぐにその高さ一・五メートルほどの、まるでマンホールのような縦穴の中に入った。

「ご主人様っ！」

ハルは俺に抱きついてきた。

「ふえぇぇぇん、怖かったですーー」

「もう大丈夫だよ。でも、どうしてこんなところに……」

「かくれんぼしてて、建物の裏に変な横穴見つけて……そこに入ったら、なんか滑り落ちて……登れないし、真っ暗だから怖くって、適当に歩いたらまた滑り落ちて……」

言っている意味がいまいちよく分からないが、どうもこの出口にたどり着くまでに、かなり時間がかかったようだ。俺が最初にここを探したとき、ハルはまだここまで来ていなかったのだ。

「ご主人様ぁー、きっと助けに来てくれると信じてましたっ、そしたら本当に来てくれて……大好きですうっ！」

チユッ。

……えっ……。

……。

ええええっ！

キスされたっ！

ハルに、唇にキスされたっ！

俺、まだ誰ともキスしたことなかったのにっ！

優でもなく。

凛さんにでもなく。

まさかまさか、伏兵のハルにファーストキスを奪われるとはっ！

……けど、まあ、悪い気分ではない。

無事、ハルを助けられたし。

俺、ハルに好かれているみたいだし。

……だめだ、こんな考え持ってちゃ、優にばれたら嫌われてしまいそうだ。

とにかく、このままハルを連れて帰るとややこしくなりそうなので、まずトランシーバで優たちに「ハル無事発見」の一報を入れる。

ハルの声を聞いた彼女たちは、涙声で喜び、そしてトランシーバ越しに彼女を叱っていた。

彼女の身長と体力では金属の蓋を持ち上げられなかったようだが、それがなくなって、かつ、俺がハルの体を下から抱え上げたので、無事脱出することに成功。俺も自力で外に出た。

あと、優たちには、源ノ助さんにトランシーバを渡すように指示。下手にごまかすより、彼にはここまで来てもらい、現場を見てもらうことにしたのだ。

源ノ助さんは、この前田邸まで続く抜け穴を見て驚いていた。

一揆の襲撃などを恐れ、庄屋が抜け穴を作ることはたまにあるらしく、これもそういう類のものなのだろう、と話してくれた。

「それで、源ノ助さん、これって、敷地から出たことになっちゃうんですか？」

「いやいや、確かにここは敷地外だが、緊急の場合は拙者が立ち会っていれば、そういうことにはならんです。たとえば、大けがして診療所に連れていくときとか、火事になって逃げないといけないときとか。今の状況、十分緊急の場合と言えるし、拙者が立ち会っているんだ、何も問題ありません」

源ノ助さんは、笑って済ませてくれた。

　ハルは比較的元気だった。

　体力を消耗しただろうハルを源ノ助さんが運ぼうとしたが、当の本人はこれ以上迷惑をかけまいと、自分で歩いて前田邸まで戻った。

　総出で出迎えられ、ハルはずっと泣きながら謝っていた。

　抜け穴の入り口は、母屋の裏、崖を二メートル弱登ったところにあった。

　雑草に覆われ、高い位置にあることもあり、ぱっと見ただけでは穴があるように見えない。

　すぐ脇に自然に生えた木があり、枝を伝えば確かにその中に入れる。

　よくこんな穴を見つけたものだと思ったが、「木を登ったときに、偶然」見つけたようだ。

　もちろん、興味本位でそんなものに入った彼女がさらに叱られたのは言うまでもない。

　俺はしょげている彼女に、二人だけになったときにそっと耳打ちした。

「さっきの、二人だけの秘密にしような」

「えっ……さっきのって……」

「ほら、その……キスしてくれたこと」

「きす……？」

「ああ、こっちの言葉だと……口づけ？」

　……自分で言って、ちょっと恥ずかしくなった。

ハルも真っ赤になった。

「あっ、ごめんなさいっ、嬉しくって、つい……」

「いや、俺も正直、嬉しかったから……でも、みんなには内緒だよ」

「はい、ご主人様と私だけの秘密ですぅ！」

よかった、ちょっと元気になったようだ。

ものすごくドタバタしたけど、なんか俺はこれでまた女の子たちから信頼されるようになったらしい。ナツに至っては、今まで「タクヤ」と呼び捨てだったのが、「タクヤ殿」と呼んでくれるようになった。まあ、ちょっと照れくさい。

それから七日後、旧暦の九月一日。

ついに、「起死回生の一手」の結果を、啓助さんが持ってきてくれた。

そして俺は、莫大な借金を背負うことを迫られた。

第13話　歓喜と絶望

旧暦の九月一日。

身売りっ娘たちの支払期限である九月十四日まで、あと二週間に迫っていた。

全員買い取るには五百両必要なのに対し、今まで稼いだ金額は三十両に満たない。

普通に考えれば、五百両は到底到達できない途方もない大金だ。

しかし、それはあくまで地方である「阿東藩」での話。

江戸であれば経済規模も全く異なり、そこの卸問屋と手を結べば、一気に大量の商品を売ることだって可能なはずだ。

それこそが、俺の「起死回生」の一手だった。

具体的には、いつもお世話になっている万屋(よろずや)、正式名「阿讃屋(あさんや)」と手を結び、そのルートを通じて俺が現代から仕入れる珍しい商品を江戸の卸問屋に一括購入してもらおうという算段だ。

時空間移動装置である「ラプター」で地点登録できれば直接江戸に行くことができると考えたのだが、その「地点登録」するために現地まで行かないといけないのがネックだった。

正式な「商人」の身分をもらったのは最近のことで、それまでは関所を通過することもできなかった。

また、歩きでは江戸はあまりに遠い。

仮に江戸にたどり着けたとして、啓助さんのような知り合いがいるわけでもなく、俺が卸問屋に売り込んで、いきなりうまくいくとは思えない。

やはり、ここは「阿讃屋」の協力を仰ぐのがベストだった。

そしてこの日は、江戸の卸問屋からの回答が来る日だった。

俺は「阿讃屋」の奥の部屋で、啓助さんにその内容について報告を受けていた。

「まず、『しゃき』ですが……これは注文がもらえませんでした」

「ダメ……でしたか……」

「ええ。物珍しいカラクリであることは認められたのですが、やはり消耗品が本当に継続して供給できるのかどうか、不安だということです。あと、故障したとき直せるのか、ということも」

「うーん……それは仕方ないなあ。まあ、正直厳しいとは思っていたので。問題は、鏡の方ですが……」

俺は、半分聞くのが怖かった。

現代の、すばらしく映りのいい鏡。これは高値で売れるはずだ。

これが受注できなければ、彼女たちを救い出すことは絶対に不可能なのだ。

「鏡については、ある程度まとまった注文をいただきました」

「本当ですかっ！」

「はい、初回注文として、一千枚です」

「一千枚……」

やや期待はずれだった。

鏡は「阿讃屋」に引き取ってもらう金額が、一枚一朱、十六枚で一両。

つまり、千枚でも、六十二両ちょっとにしかならないのだ。

これでは、誰か一人を助け出すこともできない。

「ただし、我々の主人が江戸での取引が増えることを喜んでおりまして、さらに急な受注にも応えられるよう、五百枚を阿讃屋として追加で保存しておくことを決めました」

「……それじゃあ、合計で千五百枚……」

「そうです。お支払金額は、九十三両三分になります」

救われた気分だった。

これで手持ちの資金と合わせると、百二十両近い金額となる。

現代の価値にして、約千二百万円。

ただ、これでも「百両」という金額の身売りっ娘は、たった一人しか買い取ることができない。

「拓也さん、よく頑張りました。百両あれば、前にお話ししたあの手段が取れます」

「はい……彼女たちの了承があれば、ですが」

「拓也さんなら大丈夫です。間違いなく、彼女たちを説得できますよ」

「だといいんですが……」

　言葉では不安そうに見せたが、俺は確信していた。前田邸の五人娘は、絶対にこの話に乗ってくれると。


　その日の午後、前田邸に戻った俺は、五人全員を囲炉裏部屋に集めた。

　現在、そして今後の彼女たちの処遇について、早めに話がしたかったのだ。

「まず、今の状況だけど……今日、啓助さんと話をして、江戸でまとまった数の鏡を売ってもらえることになった。とりあえず、啓助さんのところで予備として買い取ってもらえる分も含めると、百両近く入ってくる」

「百両……」

　全員、目を見張った。

「ただし、このままではたった一人しか買い取ることができない」

　俺の言葉に、緊張が走る。

ただ、こんなふうに「五人中、〇人しか買い取りできない」という状況は、あらかじめ想定されていた。

たとえばナツは、

「自分は一番最後でいいから、ユキとハルを優先させてほしい」

と言っていた。

凜さんも同意見。本当は実の妹の優を優先させたかったかもしれないが、優は「絶対にユキちゃんとハルちゃんを優先させて」と言っていたので、結局三人とも双子優先、と決めていた。

年齢が幼い順でいくと、本来は「ナツ」が次に優先されるが、彼女は

「自分が身を売って稼がねば、両親のいないユキとハルを食べさせてやれない」

と主張。優と凜さんを優先させるように、密かに俺に頼んできていた。

俺と優が仲が良いことも、彼女は気に掛けていた。

けど、そう考えると、「ひょっとして、ナツはわざと俺と仲良くならないように、そっけない態度を続けていたのではないか」と深読みしてしまう。

こんなふうに、「誰を優先するか」という問題は、俺の頭の中でも、常に悩みの種になっていたのだ。

そして現状のままでは、双子の片方しか助けられない。

もちろん、どちらかを選ぶなんて残酷なことは、俺にはできない。

あと二週間、頑張ったとしても、今のペースでは「よほどの幸運があって二人目を買い取ることができるかどうか」という、ギリギリの線だった。

このままでは、凜さん、優、そしてナツの三人は身売りされてしまう。

ユキ、ハルにしても実の姉のナツと引き離されてしまうわけで、その表情は硬い。

「確かにこのままじゃあ、一人、よっぽど頑張って二人しか買い取れない。でも、一つだけ抜け道がある。そのためには、みんなの承諾が必要だ」

「承諾……？」

全員、顔を見合わせる。

「それは……君たち自身を担保にして、一人八十両、計四百両、半年間の期限で借りることだ」

……全員、ぽかんとした顔になる。

「つまり、手元にある百両と、借金をして手に入る四百両、計五百両で君たちを買い取る」

「……それで、あの……つまり、私たち、どうなるんですか？」

凜さんがよく分からない、という表情で質問してくる。

「君たちは、半年後に俺が利子を含めた五百両、返せないときの借金のカタだから、閉じ込められることになる……そう、この家に」

「えっ……ということは……」

「まあ、単純に言えば、ここでの今まで通りの生活が、半年間延長されることになるんだ。もちろん、その間に俺が五百両貯めてしまえば、その必要もなくなるけど」

「じゃあ……私たち、あと半年も……身売りされなくて済むんですか？」

これは優のセリフだ。

「その通り。飲み込みが早くて助かるよ。ただ、今まで同様、この敷地から一歩も外に出られないし、不便だと思う。だからこそ、承諾が必要だって言ったんだ」

「承諾も何も……」

凛さんが、涙を浮かべて他の娘たちを見る。

「身売りされるか、この家に残るかなんて言われたら、残る方を選ぶに決まってるじゃないか。タクヤ殿……ありがとう……」

ナツが、珍しく泣きながら礼を言ってきた。

それをきっかけに、全員が泣きじゃくり始めた。

俺も泣きそうだったが、意地で堪えた。

「みんな、そんな大喜びするのは早いよ。あと半年のうちに五百両、稼がないといけないんだ……まあ、江戸っていう一大消費地と取引できるようになったんだから、大丈夫だと思うけど」

「……そうですわね。みんな、協力して拓也様を支援しましょう。とりあえず……今日はみんなでお風呂に入って、拓也様の背を流して差し上げましょう！」

「い、いや、凜さん、それはちょっとおかしいから……」

「優、あなたは前回、真っ暗にして裸、見せなかったんでしょう？　私たちは見せたんだから、そんなズルはダメよ」

「えっ……は、はい、拓也さんが望むなら……」

「いや、俺はそんなの望んでないからっ」

思わずそう言ってしまうと、それはそれで優はショックだったみたいで、悲しそうな目をする。

「……ごめん、望んでる……」

「貴様っ、やはりそんな目で優のことを見てたんだな。……まさか、妹たちに対してもそうだったんじゃないだろうなっ！」

ナツがいつもの調子に戻った。まあ、この娘はこれがデフォルトだ。

「だあぁ、どうしろっていうんだっ！」

逆ギレした俺に、またみんなから笑いが起こった。

完全ではないにしろ、最悪の事態が遠のき、みんな心からほっとしていた。

風呂はまだ沸かしていなかったので、俺は実家に帰らなきゃ、と言って逃げ帰った。

その代わり、翌日はごちそうでお祝いした。食材は俺が用意したんだけど……。

思えば、この二日間が、最も幸せだったのかもしれない。


九月三日も、俺は鏡を「阿讃屋」に運び込んでいた。

一度に現代から持ってくる鏡の枚数は限られるため、受注分全て揃えるためには、こうやってこまめに足を運ぶ必要があるのだ。

そんな俺の様子を見て、青くなった啓助さんが近づいてきた。

「拓也さん、話があるんだ……」

不審がる俺を、彼は奥の間に連れていった。

「拓也さん……まずいことになった」

「まずいこと？　……まさか、江戸の受注が取り消しになったとか？」

「いや、それは問題ない。既に前払い金もいくらか入ってきているし」

それを聞いて、ほっと胸をなで下ろす。

「そうじゃない。けど、重要なことです……私たちの商売敵でもあり、協力関係にもある『黒田屋』という店があるのですが……」

「はい、もちろん知ってますよ」

「黒田屋」は「阿讃屋」と並んで、この地方の二大卸問屋となっている。啓助さんの言うように商売敵でもあるが、他の問屋がこの地方に入り込んでこないよう、協力して排除活動を行う盟友でもあるのだ。

「そこの主人が、あなたのところの『身売り娘』たちに目をつけて……百両よりずっと高い値段で買い取る、と言い出したのです」

「えっ……そんなっ！　俺と阿讃屋さん、契約してますよね」

「はい……特に既にお支払いいただいている『仮押さえ』費用については揺るぎないものです。いかに阿東藩において最上位の特権を持っている黒田屋の主人でも、期限の切れる十四日夕刻までは手出しできません。問題はそのあとです」

「そのあと？」

「そう。その後の娘たちの処遇については、あなたと我々は売買がまだ成立していません」

「そんな……約束してるじゃないですか」

「そう。『約束』だけなんです……そしてその『約束』だけの契約の場合、黒田屋は割り込んでくるだけの特権を持っているんです。そしてそういう話になると、我々『阿讃屋』は、より高い買い取り価格を提示した人に対して、娘を売るより他ありません」

「……つまり、分かりやすく言うと、どうなるんですか」

次の言葉を、息を飲んで待った。

「彼女たちは十四日の夕刻、セリにかけられます」

……俺は、目の前が真っ暗になるのを感じた。

第14話 刺客

とりあえず、俺は啓助さんに情報収集を頼んだ。

まず、「百両よりずっと高い金額」というのが、いくらなのか分からない。

百十両までなら、なんとか対抗できるかもしれない。

しかし、それ以上となってくると、ちょっとどうなるか分からない。

また、啓助さんによると「全員が対象」とは限らないという。

たとえば、「なるべく若い」という要求が顧客から入り、その場合だけ高値が付くというのならば、ユキとハルが対象となる。条件が「双子」というレアな要求の場合も同様。

ただ、そうなると一気に苦しくなる。なんとしてもユキとハルだけは死守したいのだ。

仮に、こういう言い方はよくないのかもしれないが、「即戦力」となる者を集めているのならば、あるいは凜さんが対象なのかもしれない。

その場合、たとえば凜さんに百五十両とかの高値がついたならば……もう、救うことができない。

啓助さんによれば、現時点では腑に落ちない点がいくつもあるという。

まず、これは本来言ってはいけないことらしいが、「百両」は相場と比べて高いのだという。

例年ならば、まあそれなりの価格だが、今年は供給過多のため、相場が下がっているのだ。

また、「黒田屋」もまた、「身売り」の斡旋を行っている。

ということは、手元にそういった人材は揃っているはずなのだ。

「あるいは、高く売れる別の転売先を見つけたか……けど、そうなったらますます身売り先でどんな仕打ちを受けるか分からない」

啓助さんも真剣だ。

彼も、前田邸の身売りっ娘たちと親しく接するうちに、感情移入してしまったらしい。

考えれば考えるほどわけの分からない、今回の「黒田屋」の参入。

何かウラがあるような気がして仕方ないのだが……。

現時点で俺にできることと言えば、一両でも多く稼ぐこと。

まだ鏡も、受注分の枚数が揃っていない。

とりあえず今日の分は運び込んだ。

あとは、最近の日課となった、夕刻の前田邸への訪問だ。

しかし、これは気が重かった。

今日も、俺の分の食事は用意してくれているという。

いつも、俺だけご飯大盛り、おかずも倍の豪勢さ。

最近は料理を、ユキやハルも手伝っているという。

……彼女たちになんて言おう。

いや、まだ言う段階ではない。まだ全員助けられる可能性は残っているのだ。


俺は、前田邸から五百メートルほどしか離れていない竹藪に突如出現した。

そこを、現代からタイムトラベルした場合の出現登録ポイントにしていたのだ。

敷地内の納屋の裏にも設定しているのだが、いきなりそこに出現してみんなに見られるとちょっとやっかいだと思い、安全策としてその竹藪をメインに使用している。

昨日までとはうって変わって、重い足取りで前田邸を目指す。それは気分だけではない。なにしろ荷物には、米十キロ、缶詰、レトルト食品、栄養補助食品のケロリーメルト、インスタントラーメンなどが入っているのだ。ようするに、「長持ちする食材」だ。

もちろん、これは前田邸での共同生活が長引く、という前提で揃えたものだ。

ぶっちゃけ、重い。

あの庭まで続く坂道を上るのは、今日は大変そうだ。

やっぱり納屋の裏に出ればよかったと後悔した。

……坂の下に、一人のお侍がいた。

被り笠で顔を隠している。

以前茶屋であった藩主様や、護衛の方を思い出したが、あの人たちよりずいぶんとみすぼらしい印象を受ける。

こっちに気づいたみたいで、ゆっくりと歩いてくる。距離は百メートルほど。

……まさか、ね。

単にこっちに用事があって来ているだけで、俺は関係ないはず。

ま、よく時代劇なんかだと、あのあたりから日本刀を抜き出して、いきなり襲いかかってくるものだけど……。

五十メートル、三十メートル、二十メートル、じゅ……。

その侍はいきなり抜刀した。

「ひ、ひいいーー！」

間抜けな叫び声を上げて、俺は逃げ出した。

俺が対象じゃないことを祈りつつ……。

けど、あたりを見渡すと俺しかいない。当然、俺を追いかけてくる。

もったいないけど、背負っていた荷物を捨てた。

あと、腰に下げた袋に入れていた小判数枚も。

しかし、侍はそれらを無視して追いかけてくるではないかっ！

こちらは「ワラジ」にあまり慣れていないため、全速力で走りだしたと同時に、足をとられて転んでしまった。

もう、侍はすぐそこまで迫っている。

仕方ない、見られるのは嫌だが、最終手段だ。

俺はラプターの「現代移動」コマンドを選択し、ボタンを押した。

これで瞬間移動でき……なかった。

代わりにそこに表示されたメッセージは、

「再稼働待機時間　１７５分」

……さっき移動してきたばかりだった。

万事休す、もう刀を抜いた侍はすぐそばまで来ていた。

俺は情けないことに……半分腰が抜けた状態だった。

いや、だって……素手で日本刀を持った侍と戦うなんて、絶対無理だから。

「あの、俺、お金持っていません。さっき全部落としてきたから……」

「金に用があるわけではない。おまえに用があるんだ」

「俺……えっと、誰かと間違えていませんか？」

俺は、人から恨みを買うようなことはしていない。

「おまえは『拓也』という者だろう」

……狙いは俺だった。

侍は、刀をびしっと構え、俺の方に向き直った。

いや、こういう展開の場合、たとえば剣の達人の源ノ助さんが助けに来てくれたりするはず
……。

しかし、周りには誰もいなかった。

もうダメだ。

俺は、この江戸時代で殺される。二〇〇三年生まれなのに。

死ぬ。

殺される。

本当に死ぬ。

えっ……死ぬの？

やっぱり、痛いんだろうなあ……。

今までの思い出が、走馬燈のように脳裏に浮かぶ。

ああ、一昨日、凜さんに勧められたように、全員で明かりのついた風呂に入ればよかった。

優と、もっとイチャイチャすればよかった。

他にも、ええと……思い残すことが、山のようにある。

どういうわけか、それらは現代のことではなく、全てあの身売りっ娘たちのことだった。

俺が死んだら、誰が彼女たちを引き取ってくれるのだろう。

やっぱり、売られちゃうのかな……。

「……もういいか？」

侍が、口を開いた。

「おまえがなにかブツブツしゃべってるから、本題の話ができなかった」

「……話？　俺、殺されるんじゃなくて？」

「今日のところはな。だが、俺の忠告を聞けないようなら、その命、いただくことになる」

（……とりあえず、おとなしくしていたら、今日のところは殺されないんだな……）

俺はじっと耐えることにした。

「なあに、簡単なことだ。おまえが面倒を見ている『お優』という名の娘のことは、あきらめろ。

それだけだ」

そう言うと、その侍は刀を鞘にパチンと収め、そして颯爽と元来た道を引き返していった。

……。

………。

…………。

ええええぇぇーーーっ！

第15話 混浴（二回目）

侍に襲われたあと、俺はしばし呆然としていたが、少し時間が経ってから、撒き散らした小判や荷物を回収し、とりあえず前田邸へ行くことにした。

「ややっ！　……拓也殿、どうされたんです？　服が汚れ、破れているではありませんか」

源ノ助さんは慌てて駆け寄ってきた。

「いや、坂の下で転んだんです……変な侍に追い回されて……」

「侍？」

「そう……刀を抜いてて……」

「なんと……それなら強盗でありませんかっ！　お怪我はありませぬかっ！」

「はい……俺を傷つける気はなかったようです。あと、何も取られませんでした」

「何も取られていない？　それはまた奇妙な……」

「源ノ助さん、まさかとは思いますが、ここに来るかもしれません。源ノ助さんだけが頼りです、よろしくお願いします」

「もちろん、拙者はそのためにここにいるのですからな」

力強く断言してくれる。

源ノ助さんがいるのといないのとでは、安心感が大違いだった。

「おかえりなさ……どうしたんですか、拓也さんっ！」

母屋に入った俺を見て、その汚れ、破れた服装と、あまりにしょげた様子に、出迎えてくれた優が驚きの声を上げた。

「いや、ちょっと転んじゃって……それと……」

「それと？」

「……いや、何でもない」

優にいらぬ心配をかけまいと、俺は侍に襲われたことを黙っていることにした。

「ご飯、もうすぐ準備できますけど……」

「……いや、今日は食べたくないんだ……」

俺はそう言って、玄関から一番近い小さな部屋に入って荷物を下ろし、呆然として座り込んでしまった。

さっきの優の大きな声に、ユキ、ハル、凜さん、風呂の焚きつけをしていたナツまで集まってきたが、明らかにおかしい俺の様子に、しばらく声がかけられないようだった。

こんなとき、一番最初に行動を起こすのは、やはり凜さんだった。

「……拓也様、お茶を入れてきましたわ」

「……ああ、ありがとう……」

俺は動揺を少しでも抑えるため、それをいただいた。

現代から持ってきていた淹れたてのほうじ茶で、おいしかった。

「……なにかありましたの？」

「……ありました……」

「それは……私たちに関係のあることですか？」

「……すみません、まだ、よく分からないんです……」

「……そうですか……また、分かりましたら早めに教えてくださいね」

凜さんは、優しい言葉と笑顔を残して、その場を去っていった。

言えなかった。言えるわけがなかった。

「やっぱり君たち、もうすぐ身売りされるかもしれない」などとは……。

「拓也殿、本当に大丈夫なのか？」

「ああ……」

「ご主人様、この天ぷら、おいしいですよ。本当にいらないんですか？」

「ああ……」

「拓也様、それじゃあ、お風呂、入られたらいかがですか？　私、お背中流しますわ。それとも、優の方がよろしくて？」

「ああ……」

俺は何を聞かれても、生返事しかできない。

しばらくすると、優が小さなカゴに、現代から運び込んでいたタオルを入れて持ってきた。

「拓也さん、服とお体、汚れてるみたいですし……お風呂、行きましょう」

「あ……ああ、そうだな……」

天使のような優の笑顔に、俺は少し自分を取り戻し、風呂場に向かった。

しかし、その間も、ずっと黒田屋のことや、襲われたときの恐怖を思い出し、心ここにあらず、という感じだった。

脱衣所で服を脱ぎ、浴室の扉を開ける。

少し沸かしすぎなのか、もうもうと湯気が立ちこめていた。

「わあっ、すごい湯気……」

その声に、あれっと思い後ろを振り返る。

「……うわぁ、ゆ、優っ！　いつの間にっ！」

すぐ後ろに、一糸纏わぬ姿の優がたたずんでいたのだ。

「えっ、ずっと一緒だったじゃないですか。脱衣所ではついたての向こうでしたけど」

そう、この家の脱衣所は広く、数人一度に着替えられるスペースがあり、一応ついたてが置いてあったのだ。

「いや、でも、君が一緒だとは……」

「……やっぱり、ぼうっとした生返事だったんですね。そのせいで、私がお背中、流すことになったんですよ」

やばい、ちょっとすねてる。

「い、いや、ごめんっ。ほんとに俺、ぼうっとしてた」

俺は目をそらし、湯船の方を見ていた。

それでも一瞬見てしまった優の裸が、目に焼き付いて離れない。

凛さんほどではないが、胸や体型はユキやハルよりずっと成長していた。

大人になりかけの、美しい少女の体だった。

「……私は、一緒にお風呂に入るの、大丈夫ですよ。二回目ですし」

いや、でも前回は明かりを消して真っ暗な中だったけど、今回はばっちり俺が持ち込んだＬＥＤランタンの明かりが灯っている。

「とりあえず……寒いから、湯船に入りましょう」

……優は、いつになく積極的だった。

しかし、やっぱり沸かしすぎだったようで、かなり熱い。

水を大量に入れてなんとか冷まし、そして俺と優は肩を並べて湯船に浸かった。

明かりがあるのとないのとでは、これほど緊張感が変わるものか。

前回のようにリラックスはできない。

「……拓也さん、今日、相当大変だったみたいですね」

「ああ。いろんなことがありすぎた」

「……この前の話、なくなっちゃったんですか？」

「いや……ちょっと状況が、よく分からなくなったんだ」

「ええと、それは……悪くなっているんですか？」

「良いか、悪いかと言われたら……悪くなってる」

「……そう……ですか……」

優の表情が暗くなる。

しかしその後、さらに肩を密着させてきた。

「私は……大丈夫ですよ。どんな結果になっても、受け入れます。拓也さんがいろいろ頑張ってくれている。今は、それだけで嬉しいです」

……ああ、やっぱり。

優は、優しいし、かわいい。

今、そんな可憐な女の子と、明かりのついた浴室で、混浴している。

しかし……それは一時の夢でしかない。

あの侍は言った。

「優のことは、あきらめろ」と。

その真意はよく分からないが……今のこの状況が、長く続かないであろうことは想像できる。

水を入れたとはいえ、まだ少し熱かったので、のぼせないうちに湯船から出た。

なるべく優の体を見ないように意識していたが、それでも時々ちらちらと視界に飛び込んでくる。

俺は冷静さを保とうと、必死だった。

そして優は、俺の背中をボディーソープを付けたスポンジで洗い始めた。

「大きな背中……」

「……そうか、前回は俺の背中も見てなかったんだな」

「ええ、真っ暗でしたから……でも、そのせいでお姉さんにずっと文句、言われてたんですよ、あなただけ裸見せてないのはずるいって」

「いや、俺はナツの裸も見ていないいけどな」

「ナツちゃんは妹ってわけじゃないから、遠慮してるんだと思います……でも、これでもう文句、言われなくて済むかな……」

「でも、正直、驚いた……優が、その……こんなに積極的になるなんて」

「そうですか？　……実は、自分でもそう思っているんです。私、ここに来るまでは、同年代の男の人とまともに話もできませんでしたから……」

そういえば、優は初日、恥ずかしがって俺とは挨拶程度しか会話しなかった。

けれど、翌日ぐらいにはもう慣れたみたいで普通に話をするようになり、やがて一番仲良くなり……今では、混浴までしている。しかも、二回目だ。

やがて彼女は俺の背中を洗い終わり、湯を掛けて流してくれた。

「……じゃあ、俺はもう先に出るよ」

「えっ……もう？」

「ああ。実は、その……優の裸が綺麗すぎて……これ以上一緒にいると、理性をなくして、手を出してしまうかもしれないんだ。一応、それは契約違反だから……」

俺は正直に、今の気持ちを打ち明けた。

「そ、そうなんですか……ちょっと残念ですけど……綺麗って言ってもらえるのは嬉しいです」

俺も、気を使ってくれる優のその言葉が、嬉しい。

そして脱衣所に戻ろうと引き戸に手を掛けたとき……俺は優に、後ろから抱きつかれた。

背中に、彼女の柔らかい胸の感触と、暖かさを感じる。

「……また、足を滑らせたのかい？」

「……いいえ、私の意思です。お姉さんに言われたのでもなく、私の……迷惑、ですか？」

「いや、すごく嬉しい。本当のこと言うと、振り返って俺も抱き締めたい。でも、そうすると今度こそ、理性が吹き飛んでしまうよ」

「……嬉しいです」

実際のところ、俺の心臓の鼓動は張り裂けんばかりに高まっていた。

「……拓也さん、あまり私たちのために無理、しないでください。どうなったとしても……身売りされたとしても、命まで取られるわけではありません。だから……そんなに悩み、抱え込まないで……私、拓也さんのことが……心配です……」

……俺は、優の言葉に、素直に感動した。

自分の身がどうなるか分からない状況だというのに、落ち込んだ俺のことを心配してくれている。励ましてくれている。

こんな娘がいて、そして俺と仲良くなってくれて……そして今、裸で抱きついてくれている。俺なんかに……。

「……優、お願いがある」

「はい……なんですか？」

「優の裸……ちゃんと見ておきたい……」

……一、二秒、間が空いた。

そして彼女は、そっと俺の体から離れた。

「……いいですよ」

そして俺が、ゆっくりと後ろを振り返る。

彼女は腕を後ろに組み、顔を桜色に染め、恥ずかしそうに、照れたように……下を向いていた。

少し湿った長い黒髪が、彼女のなで肩から後方に滑り落ちた。

想像していたよりずっと豊かで、それでいて張りがあり均整の取れた乳房、可憐な乳嘴(にゅうし)。

腰は細く、そこから太股にかけてなだらかな曲線を描いている。

瑞々しい肌は、滑らかさと弾力の両方を持ち合わせているように思えた。

明かりに照らされ、大粒の水滴がしたたる、ほんのりと赤くなったその裸体は、息を飲むほど美しかった。

俺はしっかりとその姿を、目に焼き付けた。

「……ありがとう」

俺は笑顔を浮かべて、浴室を後にした。

——翌日も、「阿讃屋」で、俺と啓助さんは打ち合わせをしていた。

「拓也さん……『黒田屋』が狙っている娘が、分かりました」

「すごい、もう分かったんですか」

「はい、彼らが必要としているのはたった一人。その娘だけ、余分に大金を積み上げてでも手に入れようとしているのです」

「一人……で、その娘とは……」

「……お優さんです」

……俺の目の前が、また真っ暗になった。

第16話　手の届かないアイドル

啓助さんは、さらに話を続けた。

「黒田屋の主人は、お優さん一人に、二百両まで出すつもりだそうです」

「二百両……俺は借金を合わせてもぎりぎり五百両だから、優一人選ぶと別の誰か一人、助けられなくなってしまうのか……」

「いいえ、拓也さん、それは計算が違います。五百両という金額は、『あなたが買い取った娘を担保に借金する』という前提で成り立っているのです」

「あ、そうか。じゃあ……今、手持ちが百二十両、優を担保にしたとして借りられるのは八十両、合計、二百両……」

「そうです。『お優さんしか買い取れない』のです」

……俺は軽いめまいを覚えた。

五人を担保に、計四百両借金するという前提で、俺は全員救えると考えていたのだ。

優一人選んだ時点で、あとの四人は買い取れなくなってしまう。

もちろん、無理をして優を選んだとしても、彼女は絶対に納得しない。

特に、まだ十三歳のユキ、ハルを犠牲にしてなど……。

「でも、啓助さん……それって確かな情報なんですか？」

「はい。話の出どころが、私たちの主人だからです。昨日行われた定例となっている宴の席で、黒田屋の主人から直接その話題が出たそうです」

「直接？」

「そうです、おそらく、わざとその話を出したのです。今、こうやって拓也さんに、情報が伝わるのを見越して」

そう聞かされても、話がよく見えない。

「つまり、わざと自分たちの手の内を明かしたのです。娘一人に、相場の倍以上の金額を出すと。それで拓也さんをあきらめさせる作戦なのでしょう」

「……でも、どうして優だけ、そんな高額で……」

「直接見て、一目で気に入ったそうです」

「見た？　直接？　ばかなっ……黒田屋の人なんか、あの家に来たことないはずだ。もしあったなら、源ノ助さんが報告してくれるはずですっ！」

思わず声を荒げてしまう。

「……それはおかしいですね……黒田屋の主人は、足が悪いのでいつも籠に乗って移動します。豪華な籠なのでかなり目立つはずですが……」

「籠に乗って？　確か一度、滝見屋っていう呉服店の店主が、籠に乗ってきたことはありますけど……」

「滝見屋は黒田屋の直営店です。店主は同一人物ですよ」

「そんな……じゃあ、あの人が黒田屋の主人……」

確かに、俺はその人物と会っていた。

歳は五十近くで、小太りの、いかにも腹黒そうな商売人だ。

いつもつぎはぎだらけの着物ばかり着ている彼女たちに、安くても綺麗な物があれば着せてあげたいと思って、わざわざ時間を指定して来てもらったのだ。

そのときは、いくら足が悪いとはいえ、あんな大きく立派な籠に乗ったままあの急な坂を上ってくるなんて、と思っていたのだが……。

そしてそのとき、源ノ助さんの立ち会いのもと、店主を娘たち全員と会わせてしまっていた。

彼が持ち込んできた見本の中で、気に入った物がないか、彼女たちに見せるために……。

「俺の失敗だ……彼女たちは、部外者に会わせるべきではなかったんだ……」

「そうですね……私も、そこはもっと警告しておくべきでした……」

今更悔やんでも仕方がない。それにまだ、疑問点は解消していない。

「……でも、気に入ったからといって、倍の金額を出すものでしょうか。百両というと、家一軒建つ値段なんでしょう？　彼女一人に、家二軒分の額を出すことになる」

「確かに、高すぎるとは思いますが……それでも、価値があると思ったのでしょう。彼女は倍以上稼ぎ出すと。確かにお優さんは別格ですから」

「優が……別格？」

啓助さんが彼女のことをそんなふうに考えていたことに、少し驚いた。

「そうです。お凜さんも相当な美人だと思いましたが……お優さんは、さらにその上をいきます。おそらく、その手のお店に出されるようになれば、短期間のうちに人気を得て……最上位まで上り詰めることも可能でしょう。それほどの逸材だと、私は考えています。拓也さん、あなたもかなり気に入っているのではないですか？」

「……確かに……俺も、優を一目見たときからずっと……」

「そうでしょう。あなたや私がそう思うんだ、もっと目の肥えた黒田屋の主人には、金を生み出す打ち出の小槌のように見えたのでしょう」

……俺は最初に優を河原で見たとき、「現代ならば手の届かないアイドルだったとしてもおかしくない」と考えた。

それは、決して現代限定のことではなかった。

彼女は、この江戸時代においても、まさに「手の届かないアイドル」になり得る存在であり、そして実際にそうなりつつあるのだ。

「……啓助さん、あともう一つ、気になることがあるんです……」

「気になること？」

俺は、前日に侍に襲われたことを詳細に話した。

「……それだと、お優さんの名前が出たことを考えて、間違いなく黒田屋の手の者でしょう。その手の脅しは、彼らの常套手段です。ただ、実際に手を掛けたことはないはずです。さすがにそんなことをすればお咎めを受けるでしょうから。ただ、念のため、人目に付かない場所を、一人で歩かない方がいいでしょうね」

やはりそうか、と俺は納得した。

「啓助さん……なんとか……なんとか、あと百両、借り入れることはできないでしょうか……」

無理を承知で頼み込んでみる。

「……そこなんですが、実は、なんとかなる可能性はあります」

「本当ですかっ！」

思わず大声が出てしまう。

「ええ……これはあまり期待させてはいけないと思って黙っていたのですが……実は江戸の卸問屋

に鏡を売り込みに行かせた際、同様の使者を、京と大坂にも派遣したのです」

「京と大坂……」

「ええ。そしてその結果が、そろそろ帰ってくるはずなのです。そこで江戸以上の受注を得ることができていれば、あるいは……」

「……啓助さん、どうかよろしくお願いしますっ！」

俺は、藁にもすがる思いだった。

第17話 変わる状況、巡らす策略

京、大坂からでの商談の結果が帰ってきたのは、旧暦の九月七日の早朝だった。

結果は、合わせて千五百枚の受注。これに阿讃屋が在庫分として百枚の追加注文をしてくれ、計千六百枚、金額にしてちょうど百両となった。

もちろん、最後の百枚はこちらの事情を知った阿讃屋の配慮だった。

九死に一生、俺は「これで全員救える」と安堵し、いろいろと尽力してくれた啓助さんに豪勢な昼飯をおごった。

午後、前田邸に戻った俺は、表情に嬉しさがにじみ出ていたようで、それを敏感に察知した五人娘が、「ごちそう」を作り始めた。

ところが、その日の夕刻、前田邸に青い顔をした啓助さんが訪ねてきた。

ここで話すのはちょっと、ということだったので坂の途中まで下りていって立ち話を始めた。

「拓也さん……黒田屋はどうしても優さんを手に入れたいらしい。買い取り金額を、三百両にまで上げてきたんだ」

「なっ……三百……」

「ええ。ちょっと考えられない金額です。家が三軒建つ」

「ばかなっ……じゃあ、また振り出しに……あと七日しかないのに……」

「そう、状況は悪化しています。もうこうなっては、我々にはどうしようもない」

「えっと……他に、京や大坂みたいに売り込みに行ってはいないのですか？」

「いえ……もう、ありません」

「そんな……」

　俺はへたへたと座り込んでしまった。

「……拓也さん、ここは『あと七日もある』というふうに気持ちを切り替えましょう。今からあと百両稼ぐなんて無理だと思いますが、なにか他の手があるかもしれない」

「他の手……」

「そうです。確かに今の黒田屋はお優さんに異常なこだわりを見せている。何かウラがあるような気がします。ひょっとしたら、可能性は薄いですが、その三百両という金額自体がハッタリなのかもしれません。そうでなかったとしても、何か隙を突く手段があるはずです」

「わ……分かりました、俺も一晩、いろいろと考えてみます……」

　あと七日で、最低百両。

　セリになるんだから、ひょっとしたらもっと高い金額を言われるかもしれない。

暗い表情で母屋に帰った俺を見て、彼女たち五人も不安そうな顔つきになった。

「あ、ちょっと俺、すぐ実家に帰らないといけない用事ができたんだ。料理作ってくれて申し訳ないけど、みんなで分けて食べてよ。本当にごめんっ！」

俺は努めて明るい笑顔をつくったが、彼女たちから返ってきたのは無理のある愛想笑いだけだった。

そのときの俺が箸を付けられなかった「ごちそう」が、頭にこびりついて離れなかった。

翌日、旧暦の九月八日。この日も早朝から「阿讃屋」で啓助さんと打ち合わせ。いまだ黒田屋の真意は掴めていないが、どうやら三百両の用意は調えており、そこはハッタリではなさそうだという結論に至った。

となると、何か別の手段を考えなければならない。

そこで啓助さんは、思わぬ提案をしてきた。

「これは、阿讃屋にとっては痛手になる可能性があるので、本来は言うべきことではないし、私が言ったということは伏せてほしいのですが……」

「阿讃屋さんにとって痛手……どうするんですか？」

「拓也さん、あなた自身が黒田屋と手を結ぶ、という方法があります」

「……黒田屋と？」

いぶかしげに、俺は応えた。

「そうです。前に話した通り、黒田屋はお優さんを、利益をもたらす『打ち出の小槌』として見ていると思います。だから三百両もの大金を出そうとしている。しかし、これは一種の博打です。思ったより人気が出ないかもしれませんし、体調を崩して働けなくなるかもしれません。投資と考えても、あまりにも無謀だ」

「はい、それは分かります」

「しかし、もう一つ『打ち出の小槌』がある……拓也さん、あなたです」

「……俺が？」

意外な言葉に、すっとんきょうな声を出してしまった。

「そう、あなたは既に我々『阿讃屋』に対して、鏡という商品で相当の利益をもたらしています。唯一無二、あなたしかできないことだ」

「ええ、まあ……そうかもしれませんけど……」

「黒田屋も、あなたに注目していることは間違いありません。現に、あなたがお優さんに対して二百両用意できる算段が立つと同時に、準備金の金額を三百両まで引き上げ、即座に我々に伝えてきた。侍を使って脅しをかけてきたことを考えても、相当注目……いや、警戒しているのでしょう」

「警戒……ですか」

それは商売人としては、ある意味褒め言葉なのかもしれない。

「そうです。しかし、黒田屋にとってあなたが味方になれば、それは有益なことのはずです。我々としては鏡を持っていかれては困りますが、あなたなら何か別の有望な商品を見つけられるでしょう」

「……まあ、それはそのうち発見できるかもしれませんが……」

「そこで、『拓也さんと正式契約すれば、お優さんが稼ぐお金なんかよりももっと利益をもたらすことができる』と思い込ませるのです」

「……なるほど。それで俺が黒田屋と契約する条件として……」

「そう。お優さんの買い取りをあきらめるように、取り引きするのです」

「さすが啓助さんだ。俺一人じゃそんな作戦、思いつけなかった！」

俺は啓助さんの商売人としての才覚に、改めて舌を巻いた。

「これは、うまくいけばあなたにとっても利益をもたらすでしょう。我々としてもうまく立ち回り、『拓也さんを紹介』するという形を取れば、黒田屋に一つ貸しができます」

啓助さんは、窮地を、逆にチャンスへと変換する、すばらしいアイデアを出してくれた。

もし、最初にタイムトラベルが実行された日、啓助さんと出会っていなかったらと思うとぞっとするぐらいだ。

ただ、やはりその策略を成功させるためには、念入りな下準備や段取りが必要になるという。

俺としても、黒田屋が欲しがるような、売りたがるような商品を「土産（みやげ）」として準備しなければならない。

俺と啓助さんは、とりあえず「これしかない」という結論に至ったことに最後の希望を見いだし、ようやく笑顔を取り戻した。

そして急いで店を出たとき……そこには、以前俺を襲った、あの侍がいた。

「よう……『お優』のこと、あきらめはついたか？」

そして彼の登場により、この日時間をかけて導き出した「最後の策略」は、あっけなく破綻した。

第18話　妾（めかけ）

侍は被り笠を上げ、鋭い眼光でこちらを見つめていた。

俺は緊張と焦りを隠せず、額に汗を浮かべていた。

ただならぬ気配に気づいた啓助さんが表に出てきて、この状況に息を飲んだ。

通行人も俺たちに気づき、思わず足を止める。

今にも抜刀し、俺を斬り殺さんばかりに殺気を放ち続ける長身の侍。

こうやって向き合ってみると、その迫力に飲み込まれる。

落ち着いた物腰からも分かる。相当の「手練れ」だと。

「ふっ……そう警戒するな。いくら何でも、こんな町中でいきなり斬りかかったりはせぬ」

侍の殺気が薄れ、俺はわずかに緊張を解いた。

「あきらめたりなんかしていないさ。今、彼女を守るための案を思いついたんだ」

「守るための案？」

「そう……俺は黒田屋の仲間になる」

俺のその言葉に、侍はしばし考えを巡らせていた。

「……どうもおまえは、何か勘違いしているようだな。『お優』を我が物にしたいならば、より多くの金を積む以外に道はない。強硬な策に出るというなら……斬る」

「ひいいぃ！」

再び強烈に放たれた殺気に、集まった野次馬から悲鳴が上がった。

「強硬な策、とは……？」

俺は冷や汗をかきながらも、気丈ににらみ返した。

「もちろん、契約外の……たとえば、『お優』を連れての逃走のことだ」

思いもかけない言葉だった。

「……そういうことなら、それは絶対にありえない。他の娘がどうなるかを考えたら、そんな恐ろしいことはできない」

「では……あきらめた、ということだな？」

……どうも話がかみ合わない。

侍は殺気を解き、頭をかき始めた。

「……やはりお互い、何か考え違いがあるようだな。ここじゃ人目につく。そうだな……あの店にでも行って話、するか」

「……へっ？　話？」

「別にそこでおまえを斬ったりしねえ。心配なら……そこの若いの、おまえも一緒に来い」

「……承知しました」

啓助さんは状況をなんとなく理解したみたいで、躊躇なく、そう返事した。

俺はまだ、理解できていない。


そこはちょっとした小料理屋だった。

小さな卓が四つ。そのうちの一つを、俺たち三人が占拠した。

侍は俺の正面に座っている。

彼は、自分の名前を「勝四郎」と名乗った。

まだ午前中、こんな時間から酒を飲むわけにはいかない。そもそも、俺は未成年だ。

かといって何も注文しないわけにはいかないので、全員冷や奴を頼んだ。

「まず、俺の警告の内容が正しく伝わっていなかったようだな。俺が斬る、と言ったのは、おまえが『お優』のことをあきらめきれず、駆け落ちや、心中みたいな馬鹿なマネを企てた場合だ。なんかおまえたち、ずいぶん仲がいいみてえだからな。それも、取り押さえようとして抵抗された場合だけ、殺すことが許されてる」

「……それだったら、さっきも言ったように心配ありません。そんなことをしたら他の娘まで罰せられる」

「ふうん、なるほど。じゃあ、俺の仕事は終わりだな。おまえたちがそういう馬鹿なマネをしねえよう警告と監視をするのが、俺が依頼された内容だからな」

「……なんだ、そうだったんですか……」

安心して力が抜けた。

「その依頼主は、黒田貫太郎様……ですね」

「ああ、その通りだ。ただ、おめえら、さっき変なこと言ってたな。黒田屋の仲間になるとか、なんとか」

「そうです。優より俺の方が稼げると思ってます。だから、俺が黒田屋の仲間になった方が、得られる利益が大きいはずだ。その条件として、優から手を引いてもらおうと考えたんです」

俺は策略を全てしゃべってしまった。

「いや……それは無意味だ」

「どうして……？」

「俺たちの主人……黒田貫太郎様は、お優を転売したり、稼ぎに出すつもりがないからだ」

「じゃあ……一体、なんのために……」

「黒田様は……お優を『妾』にするつもりだ」

「なっ……め、妾？」

頭の中が真っ白になった。

俺は、妾の意味を知っていた。ようするに、正式な妻とは別の、二番目、三番目の奥さんのことだ。

「黒田様には本妻との間に子供がいない。だから十年前に妾を一人、囲ったんだが、こちらにも子供ができていない。もう二人とも年齢的に、身ごもるのは難しくなってきている。そこで新しく、若く綺麗な女子を探していたんだが……そこでその『お優』という娘に一目惚れしちまった、ってわけだ」

「えっ、でも……その黒田様って、おいくつになられたんですか？」

啓助さんが恐る恐る尋ねる。

「確か、今年五十になったはずだ」

……俺と啓助さんは、呆然としてしまった。

数え年五十歳の初老のおじさんが、十六歳の娘に一目惚れ。

しかも妾にして、子供を産ませるつもりだという。

……絶対に嫌だ、あんな小太りの、腹黒い狸みたいなおっさんなんかにっ！

「黒田様は体を悪くしておられる。もう死期を悟っておいでなのかもしれない。その前に、なんとか子供を残したいと願っているのだ。もちろん、跡取りとしてだ。生まれてくるのが女でも構わない。婿を取れば、黒田屋を存続させることができるわけだからな」

……なるほど、事情は分かった。

でも、嫌だ。

「そう悪い話ではなかろう。金持ちの妾、だ。しかもあの方は、家族を大事になさる。今のお妾さんにも、優しく接しておられる。もし男子を授かれば、跡取りの母親として、一生大事にしてもらえるのだぞ」

……なるほど、身売りされる女の子の人生としては、幸せな方かもしれない。

でも、嫌だ。

「まあ、そういうわけだ。しかも、黒田様は『お優』に相当入れ込んでる。セリともなりゃあ、三百両ぐらいまでは出すだろうな」

それは事前に情報を得ている。

「おめえらが三百両以上出せるって言うなら別だが、無理ならあきらめた方がいい。黒田様の仲間になったって、それであの方が『お優』の獲得をやめたりはしないさ」

……確かに、今の話だと無理っぽい。

「まあ、そういうわけさ。……くれぐれも言っておくが、だからといって、変な気を起こすなよ。

ヤケになったっていいことねえぜ」

「ええ……分かってます」

これは俺のセリフ。脱力感がハンパない。

「そうしょげるなって。この間、脅かしちまった詫びだ。ここの代金、俺が払っといてやるからな」

侍は、それだけ言い残して、機嫌良さそうに出ていった。

いや、冷や奴おごってもらったくらいじゃ割に合わないから。

「……啓助さん、どう思います？」

俺は隣で思案にふけっている彼に尋ねた。

「……懐柔（かいじゅう）作戦、ですね。」

「懐柔？」

「そう。『こんな事情があるからこうするんです、悪いようにはしませんから、身を引いてくださいね』ということでしょうね。前回の脅迫めいた行動から、作戦を変更したようです」

「……さすがに老獪（ろうかい）、といったところか……」

「そうですね……私たちの朝の策略が、何もしないうちに、ものの見事に打ち砕かれました」

啓助さんは相当悔しそうだった。

「で……啓助さん、あの侍、ええと……勝四郎さんが言った内容って、本当だと思いますか？」

「大筋ではそうでしょう。確かに黒田貫太郎様には本妻と、お妾さんが一人いらっしゃるが、どちらにも子供がいない。かといって、今のところ養子縁組の話もなさそうです」

「そこで、優を二人目の妾にして、子供を産ませる……」

「ええ、それも本当でしょう。勝四郎さんは、ああ見えて頭も良さそうだ。私たちが知りたい内容を分かりやすく教えてくれました。おそらく、黒田様にそのように話せと言われていたのでしょう。もし、今の話に反してお優さんを転売したりすれば、我々阿讃屋との関係に大きなヒビが入りかねません」

啓助さんの冷静な分析。信用してよさそうだ。

「けど、これってどう考えればいいんだろう……」

俺はちょっと混乱していた。

「ええ、整理してみましょう。とりあえず、良い話が一つ、悪い話が二つありました」

「……じゃあ、悪い話から聞いておきます」

「はい、まず一つ目。さっきも言いましたが、『拓也さんが黒田屋と手を結ぶことでお優さんをあきらめさせる』という作戦は破綻しました。黒田屋の目的が『利益』ではなく『お優さん自身』だったからです」

「はい……それは結構痛いです」

「二つ目は、『買い戻す手段がなくなった』ということです」

「……どういうことですか？」

「普通の身売りの場合、そういう『お店』で不特定多数の男性客を相手にして、数年かけて買い取られたときのお金を返していき、それが終われば自由の身となります。または、一括でそれ以上のお金を払ってくれる人が現れれば、その人のもとに行くことができます」

そう、最悪の場合でも、俺はそうするつもりだった。

「しかし、『妾』にされてしまえば……基本的に、一生その家の、つまり黒田家の人間として扱われ、買い取ることはできません」

「あっ……」

確かに、その通りだった。

つまり俺は、永遠に優を自分のもとに置くことはできなくなってしまうのだ。

「……それで……良いことっていうのは……」

「さっき、勝四郎さんが言った通りです。『妾』として黒田家に迎え入れられるのなら……それは『身売り』された娘の人生としては、幸せな方です。それなりに大事にしてもらえるでしょうし、何より故郷に近い。ご両親や、お凜さん……そして拓也さん、あなたと会うこともできるでしょう

「……」

……そんなの、嫌だ。

俺は、優が妾となって……あの腹黒い狸みたいなおじさんの子供を抱いているところを見るはめになってしまうのか。

「そんなの……嫌だ……」

今度は、口に出してしまった。

「拓也さん……あなたの世界ではどうか知りませんが……この世界、この時代では、慕い合っている男女が結ばれることの方が、珍しいんですよ……」

……俺は、涙を堪えることができなかった……。

第19話　五人の涙

旧暦の九月十二日。

俺はあの侍、勝四郎に黒田屋の事情を説明されてから、四日間あがきにあがいた。

現代で安価な「ミニラジコンヘリコプター」を見つけ、これほど自在に空中を飛ばすカラクリならば、高値で売れるに違いないと持ち込み、阿讃屋の店舗の前で実演した。

しかしすぐ隣で、子供が「竹とんぼ」を飛ばして「こっちの方がよく飛ぶよ」と言われ、撃沈した。

あまり気が進まなかったが、現代で叔父に勧められて持ち込んだ「エッチな写真集」は、「肝心な部分が写っていない」と一蹴された。

目覚まし時計は、「お寺の鐘が時間を知らせてくれるのに、なぜそんなものが必要なのか」と笑われた。

「ＬＥＤランタン」は「行灯（あんどん）」の牙城を崩せなかった。

「トランシーバ」は、大声を出せばいいじゃないかと、もっともな意見に打ちのめされた。

「カセットガスコンロ」は、本体とガスの容器がかさばりすぎた。

どんなに試しても、高額で売れる手頃な物が見つからない。

そうしているうちに、もう明後日がセリの日、となってしまった。

この日も夕刻が近い。

もう、正直に現状を打ち明けるしかなかった。

俺は前田邸の母屋で、女の子五人を囲炉裏部屋に集めた。

全員、表情が暗い。

俺が必死になってかけずり回り、そして憔悴しきっているのを皆知っていた。

そして、自分たちの身が決して安泰ではないであろうことも。

その上で「正直に話してほしい、私たちは覚悟を決めているから」と、俺に詰め寄っていたのだ。

「……今まで隠していて本当に申し訳ない。前に、説明した通り、一人百両、計五百両は、君たち自身の身を担保にすることで借金をして、なんとか揃えられる算段がついている」

「……だったら、なんの問題もないのではありませんか？」

凜さんが眉をひそめる。

「いや……ところが、その約束に、別の卸問屋の横ヤリが入って……君たちは、セリにかけられることになった」

「セリ……」

「そう。一人ずつ、最低百両から始まって、一番高い値段を付けた者が買い取ることができる。ところが、これだと最大、全員で合計七百両を越えそうなんだ……」

「……なっ……そんな理不尽なことが許されるのかっ」

ナツが立ち上がって抗議する。

「これは、俺の商売人としての実績が少ないことに起因する。もっと年季の入った商人だったら、こんなことにはならなかったんだ。本当に申し訳ない」

俺は、深々と頭を下げた。

「……タクヤ殿、ちょっと来てくれっ！」

ドンッ、ドンッと足音を踏みならし、ナツは奥の部屋へと向かっていく。

俺はゆっくりと立ち上がり、その後をついていった。

ナツ、怒っている……これは木刀で殴られても仕方ないな、と覚悟を決めた。

そして一番奥の部屋に入り、襖を閉めると、キッと俺のことを睨み付ける。

その目は真っ赤で、もう涙が浮かんでいる。そして体を震わせていた。

次の瞬間——俺は我が目を疑った。

彼女はいきなり座り込み、両手と、そして頭を床に付けたのだ。

「頼む……私は好きにして構わないから……どんな目にあっても構わないから……ユキと、ハルだけは助けてやってくれっ！　あの二人が、男どもの慰みものになるなんて……耐えられないし、考えたくもないんだっ……」

土下座だった。

プライドの高いナツが見せた、懸命の土下座だった。

……俺は彼女のそんな必死な姿に、心を打たれた。

そして気がつくと、俺も自然と土下座していた。

「な……なにをしているんだ……」

「ナツ……謝るのは、俺の方だ。全員必ず買い取ってやるなんて、できもしないことを口にした俺が悪いんだ……申し訳ない……」

「ばっ、馬鹿っ！　貴様は、こんな……こんな赤の他人の私たちのために、一体どれだけのことをしてくれたと思っているんだ……貴様が謝るなんて、スジが違う！」

「……謝ったことを怒られたな……」

俺はそう言って、笑顔を見せた。

「ばかっ……貴様は、本当に……」

彼女の言葉の後半は涙声になり、よく聞き取れなかった。

「心配いらない。ユキとハルは、必ず守る。それは約束する。あと、たぶん……ナツ、君も大丈夫だ。ただ、確約はできない」

「……私は、いいんだ……私が稼がないと、二人は……」

「俺が稼ぐ。俺が面倒を見る。二人とも……いや、君を入れて三人とも、俺の妹同然だ」

「またそんなことを……優と、凜さんはどうするんだ……あの二人が助からなければ、私が助かっても意味がないんだ……特に優は……貴様と恋仲だろう……」

ズクンと、俺の心にその言葉は響いた。

ナツは、そんなふうに俺と優のことを見ていたのだ。

「……今から、あの二人とも話、してくるよ……もう一度、これは絶対に約束する。ユキとハルは、必ず助け出す。だから、安心してくれ……」

「タクヤ殿……すまない……」

俺はそっと立ち上がり、その部屋を出ていった。

次に待っていたのは、凜さんだった。

俺とナツの会話は、丸聞こえだったようだ。

「……お夏ちゃん、覚悟決めてたようね……私も見習わなくちゃね」

「凛さん……」

　彼女も、既に涙を浮かべていた。

「確かに、お雪ちゃん、お春ちゃんは死守してあげないといけない……。でも、それでもし、余裕があるなら……私はやっぱり、優を救ってほしい。何より……優は、あなたに恋しています。そしてあなたも……優のこと、好いてくださっているんじゃないですか？」

　凛さんの言葉は、いつも優しさの中に鋭さ、厳しさが混じっている。

「ええ……好きです。でも、現実を見なくちゃいけない。優を助けられるかどうか……正直、まだ分からないんです……」

「……拓也様、今日はすごく正直なんですね……私も本気で……惚れてしまうかも……」

　涙をポロポロこぼしながら、それでも凛さんは、笑顔を浮かべていた。

　その姿は、なんというか……美しさの中に、無垢なかわいらしさを感じさせてくれるものだった。

　そのとき、二つの影が隣の部屋から飛び出してきた。

「タクゥー、好きぃーっ！」

「ご主人様ぁぁ、私もですぅーっ！」

　ユキとハルだった。

泣きじゃくりながら、二人は俺に抱きついてきた。

「ははっ、二人は大丈夫だよ。なんとしても、俺が守る。また明後日以降も、この家で一緒に暮らせるよ。だから、ほら、もう泣き止みなよ」

俺は自分のポケットからハンカチを出して、そのそっくりな二つの顔の涙を拭いてあげた。

そして、思わずドキッとした。

彼女たちが、単にかわいらしいというだけでなく……相当な美形に見えたのだ。

おそらく、あと三年……いや、二年すれば、優に負けないほどの美少女になるんじゃないだろうか……。

今後の成長が楽しみだ。

俺はそんな期待に、少し胸が熱くなるのを感じた。

残るは、優だけだった。

彼女に状況を話すのは、覚悟がいる……俺はそんな予感を抱いていた。

そっと優が待つ部屋の、襖を開けた。

彼女は意外にも、さらっとした笑顔だった。

「拓也さん……もう他の人とのお別れの挨拶、終わりましたか？」

……俺は優のその第一声に、違和感を覚えた。

「私、拓也さんと出会えて、本当によかった。だって、こんなに仲良くなれたんですから。拓也さんも、そう思ってくれてますよね」

…………。

「拓也さん、覚えてます？　私たち、二回も混浴したんですよね。それで、二回目のときは、私の裸見てくれたんですよね。恥ずかしかったけど、拓也さんのために我慢したんですよ」

…………。

「あと、一回目の混浴のとき、裸の私のこと、抱き締めてくれましたよね。私のこと、気に入ってくれてるからですよね」

…………。

「本当に私、拓也さんと一緒に生活できてよかった。拓也さん、お願い……私、これだけ頑張ったんだから……他の人より、私のこと、選んでくれますよね……」

ウルウルと目に涙を浮かべて、彼女は俺に懇願してきた。

「……優、二つ……いや、三つ、言いたいことがある」

「はい……なんですか？」

「まず一つ目に、君が、そんなふうに言うとは、正直思っていなかった」

……………。

彼女の表情が、急に険しくなった。

「二つ目に、一つ目のことをふまえてだけど、君は演技が下手だ」

…………。

「三つ目に、今更君のことを、嫌いになれない」

……俺のその言葉に、ついに優はぶわっと涙をあふれさせた。

そして、嗚咽を繰り返すほど、彼女は泣いた。

少し落ち着いてから、一言、「……どうして、分かったんですか」と聞いてきた。

「俺が嫌いになりそうな言い方ばっかり集められるなんて……正直感心したけど、声がうわずりすぎだよ……饒舌（じょうぜつ）すぎでもあったしね。そんなんじゃ、俺は騙されない」

「拓也さん、ちょっと意地悪で……優し……すぎます……」

優は、ずっと泣いていた。

「お願いです、せめて、ユキちゃんとハルちゃんは助けてあげて……」

「みんな同じことを言うなあ。大丈夫、さっきみたいな演技しなくたって、あの双子は優先して必ず助ける。ただ……」

俺は優を見つめた。

そしてそれ以上、言葉が出なかった。

「……大丈夫、覚悟はできています」

「……まだ明日がある。俺は最後まであきらめず、全力を尽くす」

「……はい、でも、お願いだから無茶、しないでください……」

涙を浮かべながらも見せる、彼女本来の笑顔だった。

そう、俺が最後に見たかった、大好きな優の笑顔だ……。

その後、俺はもう一度彼女たちを囲炉裏部屋に集め、明日は、もうこの家に帰ってこないことを伝えた。

次に会うのは、セリが行われる場所、この家から見える河原であることも。

どうして、明日この家に来ないかとユキに聞かれたとき、俺はこう応えた。

「最後まで、一文でも稼ぎたいから」

しかし本音はそうではなかった。

今日の挨拶が、あまりにもつらすぎた。

明日はもう、夜中にこっそりと、たった一カ月だけど思い出の詰まったこの前田邸を、外からじっと眺めるだけにとどめたかった。

第20話　月下の二人

旧暦の九月十三日。

明日はもう、彼女たちがセリにかけられる日だ。

今日も一日かけずり回ったが、ほとんどなんの成果も得られていない。

日はとっくに落ちて、もう月と星が出ており、前田邸もきっちりと戸締まりがされている。

俺の姿を見かけた源ノ助さんが離れから出てきてくれたが、

「一人にさせてほしい」

という俺の言葉を聞いて、一礼して戻っていった。

前田邸の庭は、月明かりに照らされてぼんやりと明るい。

……俺は、とうとう優を助けられるだけの金を、集めることができなかった。

普通に支払うならば数百両、限界まで借金をしても、あと最低百両は必要だ。

百両は、現代の価値にして約一千万円。到底一日で稼ぎ出せる金額ではない。

よりによって、本当に心から好きになってしまった優を、手放さなければならない。

そして明日の夜には、もう優は別の男——五十を過ぎた小太りの、黒田屋の主人のものになってしまっているのだ。

俺は必死に涙を堪え……ただ月に照らされるこの庭に、何十分も立ち尽くしていた。

「……拓也さん……」

小さな声が聞こえて、その方向を向く。

……最初、幻かと思った。

しかしそこに立っていたのは、安物だがまだ新しい、明るい黄緑色の着物を着た優だった。

「優……どうしてここに……」

「さっき、源ノ助さんがこっそり錠を開けてくれたんです。拓也さんが来ているからって。あと……今日で最後だからって」

にこっと笑顔を浮かべるが、その目は赤く、少し涙がたまっていた。

「綺麗なお月さま……そういえば、今日、十三夜なんですね……」

「ああ……そうだったね……」

旧暦の九月十三日は、八月十五日の「中秋の名月」と並んで月が美しい日とされ、古くから鑑賞される風習があった。

俺と優は、肩を並べてその美しい月を眺めていた。

「……啓助さんが、全部話してくれました。私だけ、明日もうこの家には帰ってこれないんですよね」

「啓助さんが……そうか、ごめん。俺が言うべきだったのに……」

「ううん。いいんです。逆によかったかもしれない。たぶん拓也さん、すごく申し訳なさそうな顔をして言いそうだから……」

優は、俺の性格をよく見抜いているな。

「……私、黒田屋さんのお妾さんになるんですよね」

「……啓助さん、そこまで話したのか……それ、君だけに？」

「いいえ、お姉さんもそのとき、一緒にいました。必死になって、『私が代わりに行く』って言ってくれて……でも、そういうわけにはいかないって。……お姉さんの言葉、とっても嬉しかったです。それと、私以外の人が、この家にまた帰ってこられるんだっていうことも」

「……そっか。凜さん、本当にいいお姉さんだね……あとの三人は？」

「ナツちゃんたちは、このこと、知りません。だって……私だけ戻れないなんて言ったら……」

「ああ……ナツはまた、大騒ぎするだろうな……」

事実をナツたちに話さないことが、この姉妹の気遣いだった。

「でも、黒田屋さんのお妾さんだったら……考えていたより、ずっと良いことだと思います。だって……みんなと、また会えますから」

……俺は、かける言葉が見つからなかった。

「……本当に、ここでの生活、楽しかったです。拓也さんには迷惑かけっぱなしで、なんにもご恩返しできなくて。……あ、そうだ！　黒田屋さんに行ったら、私、拓也さんのこと、ご紹介します。そうしたら、拓也さんも商売するお相手が増えて、もっとお金儲けできるようになって、それで、少しはご恩返しに……」

……そこまで優が話したときに、俺は、彼女を抱き締めた。

気丈に、明るく振る舞う彼女の姿が、あまりにけなげだった。

「拓也さん……」

……優も、俺の背中に手を回し、そして俺たちは抱き合った。

「優……今言うのはずるいかもしれないけど、言っておかないと後悔するかもしれないから……俺、君のことが……好きだ……」

「……私も、拓也さんのことが……大好きです……」

十六年間生きてきた中で、初めての告白だった。

そして告白されたのも、同じく初めてだった。

平成に生まれた俺が、この三百年前の世界に来て、恋人ができた。

それも、とびきりかわいらしく、優しい女の子だ。

それなのに、明日には……明日には……。

俺はついに堪えきれなくなり、涙を流した。

そしてそれが伝わったのか、優も、大粒の涙を流して泣き始めた。

このまま、彼女を連れて、逃げ出したい。

でも、あとの四人の女の子のことを考えると、それは到底できないことだ。

……あのとき、あの河原で身売りされる優を見なければ、こんな悲しい気持ちにならずに済んだだろう。

でも、そうでなければ……これほど人を好きになることは、たぶん一生なかった。

俺の生涯において、どちらがよかったのか。

……考えるまでもない。優に出会えて、これほど好きになれて……本当に幸せだった。

俺はいっそう強く抱き締め、そして彼女の頬を伝う涙を、愛おしく見つめた。

やがて涙は雫（しずく）となり、彼女の頬からこぼれ落ち、そして月光に照らされ、煌めいた。

それはあまりに幻想的で、はかなく、美しい一瞬の輝きだった。

……そして、時が止まったように感じた。

（……月……涙……雫……！）

次の瞬間、俺の全身に、電流のような閃きが走った。

（……どうして俺は、あれに気づかなかったんだ……もう、遅いか……いや、あれなら、ひょっとしたらっ！）

「……拓也……さん？」

様子が変わった俺に気づき、優が涙に濡れた顔を上げた。

「まだだ……優、まだ終わっていない……」

「えっ……？」

「万に一つだけど……逆転の可能性がある！　まだ明日一日、夕刻まで時間がある、俺は最後まであきらめないっ！」

「そう……なんですか？　……拓也さんがそう言うのなら、私も……その奇跡を最後まで信じます。そしてどんな結果になったとしても……私は心の中で、拓也さんのこと、ずっとずっとお慕いし続けます……」

「優……ありがとう……」

……そして俺と優は、十三夜の月明かりのもとで、ゆっくりと唇を重ねた。

第21話　セリの結末

旧暦の九月十四日、夕刻。

近くに手頃な広場がなかったため、五人の少女のセリは、前田邸からも見ることのできる河原で行われることとなった。

比較的高額の取引になることが想定されるため、公平を期す目的で、藩の役人が三人も立会人となる、物々しいセリとなった。

身売り人である「阿讃屋」からは四人、「黒田屋」からは、主人である黒田貫太郎を含む五人が参加している。

啓助さんの姿は、なかった。

あとは、関係者としては俺と、用心棒の源ノ助さんだけだ。

遠巻きに野次馬もいる。

彼女たちをこんな場所に晒すのは気が引けたが、身売りされる娘に対して人権尊重の配慮がなされる時代ではなかった。

そもそも人間を売り買いする時点で、人権も何もない。

ただ、参加している商人や武士のあまりの物々しさに、野次馬の中で顔が認識できるほど近づく者はいなかった。

女の子たちは全員緊張の面持ちで立っている。

しかし、前回河原で見たときと異なり、ある程度覚悟ができているというか、落ち着いた印象を受けた。

日はかなり傾いており、夕焼けで西の空が美しい茜色に染まっていた。

「……それではこれより、ここにいる五人の娘たちのセリを執り行う。最低価格は一人百両。入札する場合、現在の価格より五両以上高い金額を上乗せすること。誰も入札しなかった場合、阿讃屋に戻されることとする」

立会人である藩の役人から、細かな注意がなされた。

（啓助さん、間に合わなかったか……）

最後の望みが、絶たれた。

「それでは、まず一人目。お雪、十四歳。百両での入札、希望者はおりませぬか？」

ここでの十四歳は数え年なので、満年齢では十三歳。

入札を仕切っているのは、阿讃屋の番頭さんだ。

もちろん、俺は顔を知っているし、黒田屋にしても顔なじみだろう。

そして俺は、手を上げた。

「はい、前田拓也様、百両っ！　さあ、黒田様。いかがですか？」

しばらく反応を待つ。

しかし黒田屋の主人は椅子に腰掛けたまま、ピクリとも動かなかった。

百両は、相場より相当高いのだ。

「……はい、それでは、前田様、ご落札ですっ！」

ユキは、ぱっと笑顔になり……そして走ってきて、俺に抱きついた。

俺は軽く頭をなでてやり、そして邪魔にならないよう、そっと脇の方で座っているように指示した。

「では、次に、お春、十四歳。百両での入札、希望者はおりませぬか？」

もちろん、これにも俺は手を上げる。

相変わらず、黒田屋の主人は興味を示さなかった。

「……はい、それでは、前田拓也様、連続でご落札ですっ！」

ユキと同じように、ハルも小走りにやってくる。

「ご主人様ぁ……」

と小さく声を出して、半分泣きながら、そして俺に抱きついた。

ちょっとした笑いが起こる。

阿讃屋のみならず、黒田屋の者までもが笑顔だった。

とりあえず、妹二人が俺に買い取られたことに、ナツは安堵の笑みを浮かべ、そして俺に一礼した。

「では次に、お夏、十六歳。百両での入札、希望者はおりませぬか？」

俺は、ゆっくりと手を上げた。

ナツは、驚きで目を見開いていた。何か叫ぼうとして、あたりを見渡し、自重した。

そして下を向いて、涙をこぼし始めた。

「さあ、黒田様。いかがですか？」

番頭さんの問いかけにも、あいかわらず興味を示さないようだった。

「……はい、それでは、前田拓也様、三人目のご落札ですっ！」

ナツはとぼとぼと俺のもとにやってくる。

一瞬だけ立ち止まり、

「……バカッ……私なんか買い取るなんて……」

と小さく不満を口にして、そして双子の妹たちのもとへ歩いた。

ユキとハルは、泣きながらナツに抱きついた。

その光景に、源ノ助さんはもらい泣きしていた。

次は、年齢順では優のはずだが、先に凜さんが呼ばれた。

そもそもこの入札の順番は、黒田屋の意向が反映されていた。

たとえば、優が入札の先頭だった場合、その時点では資金に余裕のある俺がムキになって競合し、値段がつり上がってしまうかもしれない。

そこで優を一番最後にして、他の娘たちを先に落札させることで俺の資金力を奪う算段だ。

老獪で、そして自分が持つ権限を最大に利用した作戦だった。

「では次に、お凜、十九歳。百両での入札、希望者はおりませぬか？」

俺がおもむろに手を上げる。

そして黒田の主人を、警戒の目で見つめる。

凜さんに対しては、ひょっとしたらいくらかは値をつり上げてくるかもしれない、と考えていたからだ。

しかし、それは杞憂だった。

事前の情報通り、全くその意思はないようだった。

「……はい、ありがとうございます前田様、四人目のご落札ですっ！」

おそらく、ここまでの展開、阿讃屋や黒田屋にとっては事前の予想通り、というところだろう。

お凜さんはゆっくりと俺の方に歩いてきて、深く一礼して脇へと向かった。

彼女は、俺が優を買い取れないことを知っている。

だから……一礼だけで、その複雑な思いを俺に示した。


「それでは最後に、お優、十七歳。百両での入札、希望者はおりませぬか?」

もちろん、俺が先に手を上げる。

「はい、前田様、ありがとうございます。黒田様、いかがいたしますか?」

「二百両!」

この日、初めて黒田貫太郎が声を上げた。

いきなりの倍額提示に、三人の役人から「おおっ」と声が漏れた。

「二百十両!」

俺は粘る。

「二百三十両!」

黒田屋も応戦。

ナツやハル、ユキが祈っているのがちらりと見えた。

「二百五十両!」

俺の一言に、阿讃屋、黒田屋からも感嘆の声が出た。

両者とも、二百両少々が俺の限界、と思っていたのだろう。

俺は最後まであがき、かけずり回り、なんとか余分に五十両、稼ぐことに成功していたのだ。

しかしその努力も、黒田屋の一言に打ち消された。

「三百両！」

役人からさらなる驚きの声が上がった。

完全に、俺の戦意を喪失させる金額。

どうあがいても、決して手の届かぬ金額、三百両。

ついにその値段が、提示されてしまった。

黒田屋の、完全勝利。

たとえ他の四人を買い取ったとしても、優一人奪われただけで、俺の敗北だった。

「さあ、前田様、もう一声、ありませぬか？」

俺は声も出ない。

黒田屋の主人が、してやったり、と笑みを浮かべる。

優は、目を閉じ、顔を下に向け……そして涙をこぼし始めた。

彼女はこの後、俺の方にではなく、黒田屋の主人のもとに歩いていかねばならない。

そしてもう、俺の腕の中には、永遠に帰ってこない……。

「……ないようですね。それでは――」

「なんだ、あれはっ！」

番頭さんの言葉を、源ノ助さんの大声が遮った。

全員、ぎょっとして彼の指さす方向を見た。

土煙を上げて、堤防沿いに何かがこちらに向かっている。

「早馬だ、こっちに向かっておるぞっ！」

源ノ助さんのやや大げさな叫びで、セリが一時中断した。

そして早馬はこの河原に下りてきた。このセリ自体に用があるようだ。

「伝令、伝令！」

立派な正装の侍が、馬から下りて懐からなにやら証文のようなものを取り出した。

このお侍、どこかで見たことがあると思ったら、あのお殿様と一緒にいた護衛のうちの一人だった。名前は思い出せないが。

「阿東藩主、郷多部元康様のお言葉だ。前田拓也殿、おるだろう？」

「はい、私です」

ちょっと緊張しながら、俺は前に出た。

心当たりは、ある。

「よし、確認した。確かに前田拓也殿だ。では、お言葉を読み上げる」

全員、何事かと緊迫した様子で呆然と見つめている。

「一つ、商人・前田拓也に、阿東藩との直接取引の特権を与える」

「おおおっ！」「まさかっ！」とざわめきが漏れる。

藩との直接取引となれば、それは阿讃屋や黒田屋と同格の最上位の特権だ。

「一つ、持ち込んだ白珠一千玉を、計一千両で買い受ける……以上だ」

「……一千両っ！　ばかなっ……」

黒田屋の主人が驚きの声を上げる。

阿讃屋、黒田屋の使用人、そして役人もざわついている。

ただ、娘たちだけがぽかんとその様子を眺めていた。

「拓也殿……間に合いましたか？」

俺にだけ聞こえるように、そのお侍は小声で話しかけてきた。

「はい、間一髪、間に合いました」

俺の言葉に、お侍は満面の笑みを浮かべた。

よく見ると、息が荒く、汗をかいている。相当急いで来たのだろう。

「一千両とは……一体、何をお売りになったのですか？」

阿讃屋の番頭さんも、興味津々だ。

「……これですよ」

俺は小さく、白く、それでいて虹色の輝きを放つ一粒の玉を、懐から取り出した。

「……これは、まさかっ！」

「そう、『白珠』……一般に言われる『真珠』です」

「……しかし、こんなに大きく、美しい真珠、初めて見ましたっ！」

「そうです。この時代、真珠は天然でごく希に、偶然でしか見つけることのできない、とても貴重な宝石です。しかし、俺がいる時代では、こんなに大きい真珠が、比較的容易に手に入るんです……もちろん、この世界に持ち込むことは、俺しかできません」

そこにいる一同に、その真珠を近づけて見せた。

驚きで目を見張る黒田屋の主人にも……そして呆然と立っていた優にも。

「優、月夜に光る君の涙が、この存在に気づかせてくれた。真珠は、『月の雫（しずく）』とも、『人魚の涙』とも言われていたんだ」

優は、小さく頷いた。

――それは、時間との戦いだった。

俺は十三日の深夜に小判十枚を持って現代に戻った。

そして帝都大学准教授である叔父をたたき起こし、三百年前の緊急事態を説明した。

叔父にも、事前に身売りっ娘のことは説明し、理解してもらっていた。

翌日、お得意さんとなっていた大きな貴金属店に朝一番で駆け込んで小判を売却、即その店で一粒一万円程度の真珠を千粒余り、買い付けたのだ。

通常であればかなり時間のかかる取引だが、今までもその店では何枚か小判を売却していたし、何より帝都大学准教授という肩書きの信用は絶大で、すぐに商品を渡してくれた。

そしてそれを江戸時代に持ち込んだとき、もう昼が近かった。

今度は、千粒の真珠を売却しなければならない。

普通の商取引では、時間がかかりすぎる。

しかし、あのお殿様ならば。

「藩の専売品となり得るもの」を求めていたお殿様ならば。

まだこの時代、流通方法が確立していない真珠でも、その価値を見いだし、即決してくれるのではないか……。

そして俺は、啓助さんに全て託した。

今日の夕刻、少女たちのセリが行われることも含めて話し、なんとかお殿様に購入を検討していただけるよう、算段してもらうことにしたのだ。

もちろん、それがいかに無謀なことであるか、想像に難くない。

しかし、切れ者である啓助さんならばなんとかしてくれるのではないか……そう期待していたのだ。

そして結果はこの通り、お殿様は一千両もの高額で、早馬まで出して、買い取りを証明する書状を届けてくれたのだ。

「私の役目は、もう終わった。前田拓也殿、確かに藩主様のご意向、伝えましたぞ！」

書状を俺に渡し、そのお侍、「尾張六右衛門」様は、颯爽と帰っていった。

……ざわつきが収まらないセリの会場。まだ、戦いは終わっていない。

「番頭さん、セリを続けましょう……俺は優に、三百五十両支払いますっ！」

俺の声に、番頭さんは思い出したように顔を上げた。

「そうでした……前田様、三百五十両っ！」

再び、おおっという歓声が漏れた。

黒田屋の主人は顔をゆがめ、手を上げるかどうか悩んでいるようだったが……。

「黒田様……先ほど受け取った書状で、俺は一千両の資金を得ました。どうしてもセリを続ける、というのであれば、さっきまでの上限と合わせて一千二百五十両、優一人につぎ込みます。それでも……続行しますか？」

会場のざわつきは収まらない。

一千二百五十両……途方もない金額だった。

黒田屋の主人は、力なく腕を下ろすしかなかった。

「……それでは、お優は三百五十両にて、前田拓也様、お買い上げですっ！」

大逆転勝利だった。

優は……涙をいっぱいに浮かべて、ゆっくりとこちらに歩み寄り、そして俺に抱きついた。

俺も、堪えきれず涙を流しながら……その華奢な体を抱き締めた。

俺たちの周りを、凜さん、ナツ、ユキ、ハルも泣きながら取り囲み、喜び合った。

源ノ助さんまでも、その光景を見て、またももらい泣きしていた。

ふと目をやると、黒田屋の主人が使用人の肩を借りて、よろよろと椅子から立ち上がるところだった。

俺は優たちからいったん離れ、彼のもとに近づいた。

黒田貫太郎は、それに気づいた。

「……前田殿、あんたには負けたよ。まさか、あんな切り札を持っていたとはな。わしはひっそりと、養子でももらって引退し、残りほんのわずかな余生を送るとする……」

「いいえ、黒田様。あなたはそんなに簡単に亡くなる方ではありません」

「……なぜ、そう思う？　この通り、歩くことにさえ支障をきたしておるのに……」

「黒田様……玄米を食べてみてください」

「玄米？」

「そうです。最近、何年も、白米しか食べておられないのではないですか？」

「……確かに、そう言われてみればその通りだが……」

「気になって、調べておいたんです。あなたの病気は、我々の世界で『脚気（かっけ）』と呼ばれるものです。玄米に含まれる栄養分が、その病気を直してくれます」

「……どうしてあんたは、そんなことをわしに教えてくれるんだ？」

「あなたが……悪人ではないからです」

「……おかしな奴だ……もし、あんたの言う通りにして、この病が治ったならば……相応の礼はさせてもらうよ」

黒田屋の主人、黒田貫太郎は、そう言い残して籠に乗り込んだ。

その数十日後、黒田屋から大量の「お礼の品」が届くことになるとは、その時点では全く考えていなかった。

そして俺は番頭さんと、身請け金の支払い方法などについて、明日午後に阿讃屋にて協議することを取り決め、その日はお開きとなった。

「これで……やっと、終わったんですね……私たち、正式に拓也さんのものになったんですね」

優が、目を潤ませて確認してきた。

「ああ、その通り。しかも、お殿様からいただく一千両を使うから、仮押さえでも、借金のカタでもなく……正真正銘、みんな自由の身だ。あの家の敷地内に閉じ込められる理由もなくなる」

ユキ、ハルの双子が、うわぁい、と歓声を上げた。

「……でも、今日はもう遅いから……あの家に帰ることになるのですよね？」

凛さんが確認してくる。

「ああ。もう阿讃屋の人には話して、借りる契約を延長するようにしている。あと、借金のカタになる可能性が高かったから、源ノ助さんとの契約も同様に延長してるんだ」

「本来、もう拙者はお役御免なんですけどな」

源ノ助さんは上機嫌で笑っていた。

「いやいや、やっぱり女性ばっかりっていうあの家には用心棒が必要です。それに……今日は盛大に祝いたいんです。もちろん、源ノ助さんにも入ってもらって、ごちそうを揃えて」

「拙者もですかっ？　いやあ、これはかたじけないっ！」

「そう、宴ですぅ！」

「うん、今日ぐらい、はめを外してもいいだろうっ！」

「私、腕をふるいますわっ！」

「私も、お手伝いします！」

「だったら、私もタクのために何か作るっ！」

全員、宴会には大賛成のようだ。

「ところで……正式に買い取っていただいたということは……あのもったいぶった取り決め、なくなったんですわよね？」

「もったいぶった取り決め？」

「そうですわ。拓也様は、私たちに手を出してはならない、みたいな」

……そういえばそんなのあったの、忘れてた。

「……いや、私は買われた身だし、恩もあるから煮るなり焼くなり好きなようにして構わぬが……」

ユキとハルは、せめてあと三年、待ってくれっ！」

「な、なに言ってるんだナツ、俺はこの二人にも、君にも、そんな気はないよ」

「あら、私にはあるんですわよね？」

「り、凜さん……凜さんにもそんな気はありませんって」

何か変な展開になっていることに、俺は焦った。

「そんな、ひどい……私なんて、相手にする価値もないっておっしゃりたいんですのね」

「いや、そうじゃなくて、俺は優以外の女性とそんなことするつもりは……」

……言っちゃった。

恐る恐る優の方を向く。

真っ赤になって、下を向いていた。

「……私は……拓也さんがお望みになるなら……」

……今度は俺が真っ赤になる番だった。

それを見て、凜さんやナツ、どこまで理解しているのか分からないが、ユキやハルまでが、俺たち二人を冷やかした。

そんな賑やかな帰り道。

もう暗くなり始めた空には、丸く明るい月が浮かんでいた。

まだしばらく、彼女たちは前田邸にいてくれることになりそうだ。

彼女たちが本当の幸せを掴むまで、俺はもう少し、手を貸すつもりだった。

そして月に向かって一人、つぶやいた。

「これからも身売りっ娘、俺がまとめて面倒見ますっ！」

第2章

移住の覚悟

第22話　帝都大学准教授

帝都大学准教授の叔父は、二〇一九年の五月、デジタル腕時計型タイムトラベル発生装置「ラプター」という世紀の大発明を成し遂げた。

しかし、体重が九十キロを軽く超える叔父では重量制限に引っかかり、仕方なく俺が代役として三百年前の過去に飛んだ。それが全ての始まりだった。

よほど悔しかったのか、叔父は二カ月間、過酷なダイエットに打ち勝ち、八十キロギリギリにまで体重を減らしてきていた。

しかし、あともう少しが落ちない。それでこの数日、苦しんでいるということだった。

叔父には、江戸時代の小判を売却してもらうことなど、大人でないとできないことをしてもらっている。

分け前はもちろんあるのだが、自分自身が過去に行けないのは、ちょっと可哀想だなと思っていたので、彼の執念には感心させられた。

そんな叔父に、「身売りっ娘」救出のために勝手に二十両近く払ったことを正直に告げると、

「なんでそんなことを相談もなく決めたんだ！」

と怒っていたが、彼女たちの写真や動画を見せると態度が一変、

「なにがなんでも救い出そうっ！」

と協力してくれることになった。

ちなみに、叔父は三十代後半で、独身。

そんな彼が特に気に入ったのが「凜さん」のようだった。

確かに、彼女は叔父が好きそうな妖美な雰囲気を醸し出している。

もう高校も大学も夏休みに入っているため、時間には若干余裕がある。

三日後、「見学」との名目で彼の研究室を訪れた俺は、叔父の容姿の変化に驚いた。

ぼさぼさで寝癖のついた髪型は美容院で綺麗にカットされ、無精ひげは全て剃られ、分厚い丸メガネはコンタクトに変えられていた。

一八五センチの高身長、体重も七十八キロにまで落としていた。

ダイエットにより絞り込まれたその筋肉質な肉体。

もともと顔の作りはまともで、ダイエットと美容院の効果で、まるで俳優の「福〇〇〇」のようにカッコ良くなっていたのだ。

本気で過去の世界で凜さんを口説くつもりだな、と俺は悟った。

俺のアドバイスで着物にワラジ、髪は後ろでポニーテールのようにまとめる総髪にする。むろ

ん、それでもかっこよさは全く変わらなかった。

「ラプター」を返すように迫られ、ちょっと気が引けたのだが、本来の持ち主に「少し行ってくるだけだから」と言われれば断ることはできない。

「ラプター」を身につけた叔父は、早速ボタンを押した。

「……おかしいな、エラーが出る……二号機、三号機と同じ症状だ……」

叔父はラプターを複数台開発していた。

しかし、どれも一号機のようにはタイムトラベルできていなかったのだ。

まさか壊れたのでは、とぞっとしたが、俺が腕にはめるとエラーは出ず、無事江戸時代に移行できた。

三時間後、研究室に戻ってきた俺を見た叔父は、

「君だと荷物を持って八十キロでも移動できて、俺だと七十八キロでも移動できない……実に面白い！」

そう言って、なにやら研究に没頭し始めたのだ。

さらに翌日、気になって叔父の研究室に寄ってみると、ホワイトボード全面に数式がびっしりと書き込まれていた。徹夜で考えていたようだ。

「実に残念な結論に達した……」

がっくりとした表情だ。

「拓也……少々変な質問だが、卵子が精子と結合して受精卵となるとき、何億もの精子の中でたった一匹しか受け入れられないのはなぜだと思う？」

本当に変な質問だ。この極端な発想の飛躍が「変人」といわれるゆえんだが。

俺が「分からない」と答えると、なぜか深く頷き、

「受精卵は一匹受け入れた時点で、防御シェルターのような機構を発動し、それ以降の精子の進入をシャットアウトするのだ。つまり、最初の一匹は特別な一匹ということになる」

……なんとなく、分かったような、分からないような。

「どうも、時空間移動、つまり『タイムトラベル』においても、同じ現象が起きていると推測される。つまり、三百年前に初めて移動した君は、その時空間にとって、特別な一人となったのだ。それゆえ、君だけがラプターを扱えると結論づけられる」

「……俺だけが？」

「そうだ。私は……少なくとも、君のように三百年前の世界には行けない」

……なんだか可哀想に思えてしまった。

「第二周期の六百年前には行けるかもしれないが、問題は、その時代に凜さんがいないということ

だ……」

……そこが問題なんだ……。

そうやって落ち込んでいるところに、コンコン、と研究室のドアをノックする音が聞こえてきた。

叔父がドアを開けると、五人の女子大学生がそこにいた。

うち二人は、なぜか黄色い歓声を上げている。

「あの、先生、私たち論文を書いているんですが、分からないところがあって、ちょっとアドバイスいただければと思って……あれ？　お客様、ですか？」

「ああ、気にしなくていい。彼は私の甥っ子で、高校生だ」

「甥っ子さん？　そういえば先生に似て、かっこいいですねっ！」

……俺はその言葉を聞いて、ピンときた。

彼女たち、叔父の容姿の変化に、敏感に反応したのだ。

これは幸いだった。凜さんに会えなくても、こっちでいくらでも彼女ができそうだ。

「その……お邪魔じゃないですか？」

「いや、大丈夫。彼との『タイムトラベル』についての考察は、今、終わったところだ」

「ええっ、タイムトラベル？　面白そうっ！」

女性陣はキャアキャア言っている。

そこで、人数分椅子を用意し、タイムトラベルについてのミニ講義が始まることとなった。

一応、俺も参加している。

叔父はやや緊張の面持ちで、講義をスタートした。

「君たち、少々変な質問だが、卵子が精子と結合して受精卵となるとき、何億もの精子の中でたった一匹しか受け入れられないのはなぜだと思う？」

…………。

叔父には当分、彼女ができそうにない。

第23話 喪失

旧暦の九月十七日、午後。

五人の身売りっ娘を全員買い取ってから、三日が過ぎようとしていた。

この間、それまでの期間と同等以上に忙しい日々が続いた。

十四日は前田邸で宴となり、源ノ助さんや、遅れてやってきた啓助さんも交えて、夜遅くまで食べ、飲み、笑い続けた。

ちなみに、清酒を飲んだのは源ノ助さんと啓助さんだけ。

女の子たちと俺はもっぱら甘酒で、酔っぱらうことはなかった。

就寝時間になっても、外から強制的にかんぬき錠がかけられることはない。

俺は皆に泊まっていくように勧められたが、現代で母と妹が待っている。

二人に「友人の家に泊まる」とでも言っておいたならなんとかなったかもしれないが、この日はぎりぎりまで追い詰められており、事前にそんなことを考える精神的な余裕がなかった。

現代との往復には最低三時間かかることもあり、また、そんなに慌てなくても翌日からいくらでも会えるのだからと、名残惜しく思いながらも実家に帰った。

翌日も、いったん城に呼び出されて出納係のお侍さんとなにやら証文を交わしたり、真珠の代金の一部を受け取ったり、阿讃屋の番頭さんに女の子たちの買い取り代金を支払ったりと、面倒な事務処理が朝から晩まで続いた。

また、凜さんと優には、一度里帰りするように勧めた。歩いて二時間ほどの距離なのだが、なにしろ一カ月間帰っていない。元気な顔を見せてやれば両親も喜ぶだろう、と考えたのだ。

そのまま彼女たちも実家で生活してもらって構わなかったのだが、

「私たちは拓也さんに買い取られたのだから、ご奉公に戻ってくる」

と言い残し、実際に二日後、つまり今日、またこの前田邸へと帰ってきた。

その前田邸自体にも、かなり手が入った。

戸板で塞がれた出入り口は全て開放された。

障子の窓を格子状に塞いでいた木材も撤去され、本来の明るい日差しが差し込み、それだけで室内の雰囲気がガラリと変わった。

また、この日の午前中に阿讃屋から受注していた全商品の納品が終わり、ようやくほっと一息、というところだ。

暇になった午後、俺は優に

「ちょっと二人で、お散歩に行きませんか」

と誘われた。

彼女たちとの共同生活が始まってから初めての、デートの誘い。

たぶん凛さんの「焚きつけ」があったのだろうが、断る理由などどこにもない。

俺は優と二人だけで、ユキやハルの冷やかしを受けながら、前田邸を後にした。

しかし、いざ歩き始めると、さてどこに行こうか、と考えてしまう。

町までは一時間以上かかるので、帰ってから夕飯の支度や風呂を沸かす準備を考えるとちょっと遠い。

かといって、あたりは収穫が終わったあとの田んぼが広がっているのみだ。

結局、俺と優は、あのセリが行われた河原へと歩いていた。

彼女に聞いてみると、

「私たちが出会ったのも河原だったし、正式に買い取ってもらえたのも河原。だから、私にとって河原は思い出深い場所」

とのことだった。

確かに、開けていて景色は良いし、数え切れないほどの渡り鳥たちがすぐ近くで優雅に羽を休めている光景は、現代ではなかなか見ることができない。

川幅はかなり広く、手頃な石を思いっきり投げたとして、ぎりぎり向こう岸に届くかどうかぐらいはあった。

昨晩雨が降ったため、水かさはやや増しており、場所によっては急な流れとなっている。

優が作り、そっと浮かべた笹舟が、勢いよく進んでいく様子を見るのもまた楽しかった。

現代の暦で言えば十月下旬ぐらいなのだが、この日はよく晴れ、日差しが暖かく、気持ちがよかった。

すぐ隣を歩く優は、時折肩を触れさせてくる。そのたびに俺の鼓動は高まり、幸せな気分となっていた。

——不意に、川上の方で女性の悲鳴が聞こえた。

そういえば、女の子を連れて洗濯に来ていたおばさんがいた。

女の子はまだ六歳ぐらいで、元気に走り回って遊んでいたのを優と二人で微笑みながら見ていたのだが……。

「子供が、流されてますっ！　誰かっ……誰か助けてっ！」

悲痛な叫び声だった。

俺と優は驚き、そして緊迫した面持ちで川の流れを見つめる。

……いた。

必死の形相で片手を上げ、浮いたり、沈んだりしながら、その女の子は流されていた。

俺はあたりを見渡し、一抱えほどの大きさの流木を見つけ、急いで拾ってきた。

そしてその場で着物を脱ぎ捨て、トランクスだけになると、流木を抱えて川の流れに飛び込んだ。

想像していたより、水はずっと冷たかった。

だからといって、泳ぐのをやめるわけにはいかない。

なんとか、この流木を掴ませることだけでもできれば、女の子が助かる確率はぐっと高くなる。

必死にバタ足を続け、ようやく女の子の近くにたどり着いたが、もう彼女はぐったりとして半分意識がないような状態だった。

なんとか腕を引っ張り、流木の上にのせ、横側に回り込んで自分も流木と彼女の背中を掴む。とりあえず、これだけで二人とも呼吸は確保できそうだ……と考えた瞬間、突然流れが速くなった。

岩場が多い箇所にさしかかり、急に狭くなった川幅のせいで、水の深さ、勢いが増したのだ。

上流の方で優と、少女の母親の叫び声が聞こえた。

（くそっ……どこまで流されるんだ。なんとか早いとこ引き上げないと、とんでもないことに……）

しかしその願いとは裏腹に、目の前にぞっとするような光景が飛び込んできた。

水の流れが急激に変化している荒瀬となっており、勢いよく岩肌にぶつかり、白く大きな水しぶきを上げていたのだ。

（まずい……あんなでっかい岩にまともにぶつかったら、打ちどころが悪ければ……）

女の子は、もう意識がないようだった。

このままでは命に関わる……。

俺はなんとか体を入れ替え、左手で流木を、そして右手で女の子を抱きかかえた。

そして流木を盾にし、岩にぶつけて自分たちが流される勢いを殺そうと考えたのだが……次の瞬間、岩にぶつかったその自然木はあっけなく吹き飛び、そして俺も左腕、左肩を強打した。

なんとか少女の体は岩への直撃を回避できたのだが、その代わりに俺はその子と大岩の間に挟まれる格好となり、かなりの激痛を覚えた。

それでも、岩に当たった水の流れはそこで勢いを失い、その先は川幅が広がっていたこともあり、緩く、穏やかに、そして水深も浅くなっていた。

……数十秒後、女の子を浅瀬から河原へと、疲労困憊しながらも、なんとか引き上げることに成功した。

必死で走ってきた優、少し遅れて少女の母親も駆け寄ってきた。

女の子は、息をしていなかった。

俺は夏休み直前、高校で習った蘇生法を思い出した。

仰向けに寝かせ、鼻をつまみ、口から息を吹き込む。

まだ子供なので、あまり吹き込みすぎてはいけない。

胸が膨らむのを確認して、適量を、しかし細かく、五秒に一回ぐらいのペースで吹き込む。

優と少女の母親は、初めて見るその蘇生方法を、固唾を飲んで見守っている。

……突如、女の子がゴポッとむせた。

激しく咳き込みながら、大量の水を吐き出す。

俺は慌てて彼女の顔を横に向け、そのまま水を吐かせ続けた。

うつろながら目も開いて、そして涙も流している。

……数分後、まだむせているものの、だいぶ症状は落ち着いてきた。

「……もう大丈夫だとは思いますが、必ずお医者さんに見せてください」

俺が微笑みながらそう告げると、彼女の母親は何度も頭を下げ、礼を言ってきた。

名前を聞かれたので、「拓也」とだけ告げると、

「あなたが……あの前田拓也様ですかっ！」

と驚きで目を見開き、さらに頭を下げてきた。

しかし、これには俺の方が驚いた。

まさか、自分の名前を、会ったこともない人が知っているとは……。

そして彼女は子供を背負い、医者へと急いだ。

本来なら俺がそうしてやるべきだったのかもしれないが、俺自身も負傷し、左手が痺れて思い通りに動かない状態だった。

優は涙目だった。

「拓也さん、大丈夫ですか……無茶しすぎです……」

「まあ、あの子も助かったんだ。このくらい、何でもないよ……」

「本当に……後先を考えず……今日は仕方ないかもしれませんけど、ひと月前、私たちを仮押さえしたときだって……」

優は泣きだしてしまった。

「……けど、そのおかげで今、こうして仲良くなれたんだ。あのとき、ちょっと無理してよかったと思ってるよ」

「……そういうところも含めて、拓也さんなんですね。本当に、無謀というか……それが良いところなのかもしれませんけど、私、心配です。いつか、取り返しのつかないことになりそうで……」

「……ごめん、ちょっと心配かけすぎだな。これからはほどほどにしておくよ」

そう言って彼女をなだめた。

「はい……」

優は、少しだけ笑顔になった。

彼女は、俺が脱いだ着物を持ってきてくれていた。

秋にしては暖かい日差し、とはいえ、やはり寒い。

俺は少しだけ彼女に後ろを向いていてもらい、濡れて冷たいトランクスを脱いで、そして着物だけを羽織った。

肩はだいぶ痛みもひいてきて、元通り動かせるようになってきたので、骨折や脱臼の心配はなさそうだが、やはり現代に帰ってから病院で診てもらった方が安心だ、と考えた。

とりあえず、その場で現代へ戻るのではなく、いったん前田邸へと帰ることにする。

彼女を送っていく目的もあったが、スマホを置いてきた、というのも理由の一つだった。

二十分もかからない道のりなのだが、優は
「大丈夫ですか……本当に大丈夫ですか……」

と何度も聞いてきて、そのたびに痛みを堪えて笑顔を見せた。

ようやく門をくぐり、前田邸の庭へと入ると、源ノ助さんが俺のただごとではない様子に驚いて、やや大げさに
「拓也様、一体、何があり申したかっ！」

と叫んだものだから、母屋から女の子たちが一斉に出てきて、本気で心配してくれた。

優が、俺の「武勇伝」をみんなに話してくれたのだが、あまりカッコ良く伝わらなかったのか、

「なんだ、それで一緒に溺れそうになったのか」

とか、

「その女の子、よっぽどかわいかったのではありませんか？」

とか、さんざんだ。

まあ、彼女たちが本気でそう思っていたわけではないようで、実際に、

「貴様らしいな……」

とか、

「もっとご自分を大事にしてくださいね」

とか、小声でだが言ってもらえた。

「……拓也さん、冷たい川につかって、寒いでしょう。私、すぐお風呂沸かしますから……」

そう言い残して優が風呂場に行こうとするのを、ナツが制した。

「もう、ユキとハルが沸かしにかかってるよ」

と、煙突から出る煙を指さした。

「お風呂沸いたら、早速入ってくださいな。優、一緒に入って、怪我の具合、見てあげなさい」

凜さんが優しく微笑む。

「え、あ……えーと、はい、分かりました……」

赤くなって下を向く優。

凜さんの気遣いで……また優との混浴の約束になってしまった。

俺も顔が赤くなるのを感じたが……もちろん、嬉しかった。

とはいえ、薪で沸かす風呂は、入れるようになるまで時間がかかる。

俺も替えのトランクスや、Ｔシャツなんかも手に入れたかったので、いったん現代に戻ることを彼女たちに告げた。

そして「ぱっと移動するところ、あまり見られたくないから」との理由で、納屋の裏へと向かった。

……左腕に付けたデジタル腕時計型タイムトラベル発生装置、通称「ラプター」を操作しようとして、異変に気づいた。

現在の時刻を示すデジタル数字が表示されているのだが……河原で見たときと、全く変化していない。

あれ、と思いつつ、メニューを呼び出そうとしてボタンを押すが、反応がない。

もう一度、ボタンを強く押し込むが、結果は同じだ。

ぞくり、と嫌な予感がよぎった。

ラプターは完全防水型の腕時計をベースとしており、つけたまま風呂に入ったり、水泳したりしても全く問題はない。

衝撃にもそこそこ強い設計になっていたはずだが……。

俺は思い出した。川に流されたとき、相当な勢いで岩に体をぶつけてしまったことを。

「……あのとき、左腕も思いっきり岩に当たったが……まさか、そのときに……」

嫌な予感は、やがて不安へと変化し……そして恐怖へと増幅していく。

俺は「落ち着け」と自分に言い聞かせ、とりあえず状況を整理してみた。

ラプターは、身につけているときにしか動作させることはできない。

そして「三百年前」の江戸時代に移動できるのは、「俺」だけだ。

また、この時代に俺はこのラプターしか持ってきておらず、予備など存在しない。

つまり、この時代、たった一台しか存在しないラプターが壊れてしまったのであれば……。

先ほどの優の、

「私、心配です。いつか、取り返しのつかないことになりそうで……」

という言葉を思い出し、血の気が引くのを感じた。

——その日、俺は現代に帰る術(すべ)を失った。

第24話 居酒屋

「……あれ、拓也さん、実家には帰らなかっ……何か……あったんですか？」

青い顔で納屋の裏から戻ってきた俺を見て、優が心配そうに声を出した。

「分からない……ただ……とんでもないことになったかもしれない……」

そして俺は、そのまま前田邸の一室に閉じこもった。

風呂にも入らず、食事もとらず……少女たちが話しかけてきても生返事しか返さず、ただひたすら、「ラプター」のボタンを押し続けた。

揺すったり、軽く叩いたりもしてみたが、状況は変わらない。

……今実家に帰ったなら、まだ怪しまれない……。

……今実家に帰ったなら、まだちょっと怒られるだけで済む……。

しかし、ただ時間だけがいたずらに過ぎていき、そして夜明けを迎えてしまった。

ついに「ラプター」の画面はピクリとも動くことなく、完全に壊れてしまったこと、そして二度と現代に戻れなくなったことを悟った。

今まで、実家に帰らない日は一日もなかった。

この日、俺は現代では無断外泊をしてしまったことになる。

騒動になっているかもしれない。

母や妹に、どれだけ心配をかけてしまっただろうか。

海外に単身赴任している父に、どう説明するのだろうか。

仲がよかった家族のことを考えると、胸が痛んだ。

だが、現代の状況を把握する手段も、こちらの安否を伝える術も、存在しなかった。

俺は、心配そうに何度も声をかけてくれた少女たちに、事情を説明した。

もう二度と、三百年後の世界に帰れなくなったこと。

真珠や鏡といった、主力商品の仕入れが不可能となり、今までのようには稼げなくなったこと。

そして、しばらくこの前田邸で、俺自身も生活することになる、と。

最初、特に「今までのようには稼げなくなったこと」を懸念されるかと思ったが、それよりも彼女たちは「元の世界に帰れなくなった」ことの方を気遣い、心配してくれた。

……前田邸全体の空気が重くなった。

俺は、逆に彼女たちに対して申し訳ない気持ちとなり、そして断言した。

「今回のことは、きっとこの時代の神様が俺を気に入ってくれて、そして手元に置いてくれたんだ。もし、『元の時代とこの時代のどちらかでしか生きられないとしたら、どっちを選ぶ？』と聞かれても、俺はこの時代を選んだと思う。だからもう、腹をくくった。俺は、この時代でずっと過ごす！」

その言葉でようやく、彼女たちにも笑顔が戻った。それが、旧暦の九月十八日、早朝だった。

この日も、啓助さんは前田邸を訪れた。

そこで現在の状況を説明すると、彼は一度深刻な表情でなにやら思案し、しばらくして頷き、そしてこう切り出した。

「拓也さん、今、手元にいくらぐらい残っていますか？」

「資金ですか？　そうだなあ……お殿様から受け取った分も含めると、四百両ほどはあったと思うけど……」

「……十分です。もう我々に対する鏡の納品も全て終わっていますし、娘たちの代金の支払いも完了している。つまり、今あなたは『四百両のお金持ち』です」

「……でも、今後稼ぐ手段を持っていませんよ」

「だったら、その手段を作ればいいじゃないですか。忘れたのですか？　あなたはこの阿東藩で『最高特権を持った』商人の一人なのですよ」

そう言われてみれば、そんな特権をもらっていた。

俺は「ラプター」を失ったことで、なんの能力もない、それどころかこの時代の人間としては平均以下のことしかできない「落ちこぼれ」になったと考えていた。

しかし、実際には相当の資金と商人としての特権を持っている。これを使わない手はない。


未来や異世界からやってきた英雄が特殊能力を使い、訪れた世界で大活躍する。

しかしある日、彼は元の世界へ帰る手段と能力を失ってしまう。

最初は落ち込む主人公だが、その時代で知り合った仲間と共に、数々の苦難を乗り越えていく。

それはよくあるストーリーではないか。

そういう類の物語の主人公になったのだ。

俺は、なかばヤケになって、そういうふうに自分を納得させることにした。

ただ、それらの物語の多くが、最後につらい別れが待っているということを、認識していなかったのだが。


そして啓助さんは、「あなたに見せたい物件がある」と、俺を町まで連れ出した。

そこは一件の大きな……本当に大きな、敷地面積は前田邸の倍以上はあろうかと思われる、二階建ての立派な建物だった。

「『月星楼』じゃないですか。こんな高級料亭で昼間から、なんの打ち合わせをするんですか？」

「いや、打ち合わせじゃありません。先ほど話題に出た『見せたい物件』というのは、この建物のことです」

「……この建物の？　『月星楼』は……」

「はい。このところの不況で、つい先日、撤退しました」

……唖然としてしまった。この地方で一番の高級料亭が、あっさり撤退するとは……。

もともと月星楼は江戸の老舗料亭で、最近『阿東藩』が豊かになってきていることに目を付け、この地方では初の大型宴会施設を建設したのだ。

しかし、やはりこれだけの規模の、しかも高級料亭は、阿東藩では時期尚早だった。そこに今年の不作が響き、ついに撤退を余儀なくされた、ということだ。

「ただ、この建物を遊ばせておくのはあまりにもったいないというのが、江戸の月星楼本店の考えです。そこで、格安でも構わないから借りてくれる人を探しており、そこで我々阿讃屋に依頼してきたというわけです」

「……なるほど。で、とりあえず俺にも声をかけてくれた、と」

「とりあえずなど、とんでもない。だってあなたは先ほども言った通り、『最高特権を持った』商人なのですよ。お殿様に認められたその信用は絶大です。あなたに借りてもらえるなら、先方も大喜びでしょう」

「……なるほど、そういうことですか。それで、その格安、という金額は？」

「月、十両です」

……頭がクラクラしてきた。

十両といえば、現代でいえば百万円。

確かに建物の規模を考えれば安いのかもしれないが、はい、そうですかと即決できる金額ではない。「真珠」や「鏡」で稼げていた頃ならともかく、今となってはそれだけのリスクを背負うことは無謀と思えた。

「……ちょっと無理ですね。確実に稼げるならともかく、月十両となると……使用人だって雇わなければならないし……」

「使用人なら、いるではないですか」

……啓助さんに真顔で言われ、はて、なんのことかとしばし考え、そして俺が買い取ったあの娘たちのことだと気づいた。

「あの子たちを働かせるのですか？　……いや、いきなり高級料亭でなんて無理でしょう」

「別に高級料亭にする必要はありません。いや、むしろ、高級料亭で失敗したんだ、別の形態に変更すべきでしょう」

「別の形態、といわれても……」

「たとえば、あなたの世界では、どんな店が繁盛していましたか」

啓助さんが矢継ぎ早にアドバイスしてくる。これはもちろん、なんとか俺を口説くためだ。

「俺たちの世界ですか？　そうだなあ……俺は未成年だからあまり連れていってもらったことはないけど、低価格で、それなりにおいしい料理を出してくれる『居酒屋』がありました」

「いざかや……それは繁盛していたんですか？」

「そうですね。ただ、高級料亭と違って、店員はただ料理や酒を運ぶだけです。お客さんにお酒をつぐことさえもしません。舞妓さんや芸子さんはおらず、本当に気の合う仲間と楽しく飲み食いするだけの場所、といった感じでした」

「……なるほど……それでいいんではないですか？　そんな店、これだけの規模のものは、少なくともこの阿東藩には存在しませんよ」

俺は、「うーむ」としばし悩んだ。懸念材料が山のように出てくる。

「でも、そういう店にするならば、酒や食材の手配が必要ですし……」

「それは我々阿讃屋に任せてください」

「……あと、それなりに腕のいい料理人が必要です。凜さんや優も料理、上手ですけど、それはあくまで家庭料理です。やっぱり本格的に修行を積んだ人が……」

「彼が、適任ですよ」

いつの間にか、啓助さんは、すぐ隣に一人の少年を連れていた。

ちょっと気弱そうな、まだ若い、小柄な男子だ。

「彼の名は良平。実はもともとこの『月星楼』で見習いとして二年間、働いていた料理人です。月星楼撤退の際、彼は江戸に呼ばれることがありませんで……それで今、失業状態というわけです。腕の方は、私が保証しますよ」

啓助さんがそう紹介すると、良平という名の彼は深々と頭を下げた。

「よろしくお願いします、前田様。あなたのような有名な方のもとで料理人として働けるなら、命をかけてご奉公させていただきますっ！」

……いや、まだここを借りるって決めたわけじゃないから。それにしても……俺って有名なのか？

もう少し彼のことを詳しく聞いてみると、出身はこの阿東藩で、月星楼開店後に「弟子入り」し、厳しい修行に耐えてきて、最近では包丁も握れるようになっていたという。

歳は俺の一つ下。賃金は安くてもいいから、とにかく料理の仕事がしたいという。

「もちろん、彼一人では手が回らないでしょうから、女の子にも二、三人手伝ってもらえばいい。さっきあなたが言ったように、料理や酒を運ぶだけなら接客は簡単だ。二人いれば十分でしょう。

繁盛するようなら、また改めて雇えばいい。それにこの建物自体、買い取りじゃなくて賃貸です。儲けにならないと思えば、いつでもやめられますよ」

……あいかわらず啓助さんは、口がうまいなあ。

「それに、私の考えでは、相当な美人が揃っているのですから、単なる料理の手伝いや簡単な接客だけでなく、なにかしらの工夫をすればかなり集客が期待できると思いますよ」

……うーん、客寄せ、か。たとえば、メイド喫茶ならぬ、メイド居酒屋、とか。……ナツが強硬に反対しそうだな……。

「どうですか、拓也さん。今が好機ですよっ！」

……確かに、真珠や鏡が手に入らなくなった今、何か別に商売を始めないといけないのは間違いないし、うまくいかなければやめられる、というのも魅力的だ。四百両の資金がある、今なら試せるかもしれない。

ただ、俺の……駆け出しながら「商売人」としてのカンが、何か足りない、と警告を発していた。

「うーん、彼女たちには相談してみて、了解を得られれば問題ないかもしれないけど……何か、目玉が欲しいなあ。客に『多少お金が高くついても、そこに通いたい』と思わせるような」

「……さすが拓也さん、目の付けどころが違いますね……」

啓助さんの顔も、商売人の本気モードに変わっていた。

俺はスマホを取り出し、「江戸時代　人気　料理」という単語で検索をかけてみた。

インストールしている百科事典から、該当するキーワードを含む記事が表示される。

「……天ぷらや寿司、蕎麦っていうところか。でも、どこの店でも出しているしなあ……」

そのグリグリ動く画面を見て、良平は驚きの声を上げた。

「ああ、これは『すまほ』といって、いろいろ便利な道具なんだ」

「拓也さん、それって『でんち』の問題は解決したんですか？」

啓助さんが目ざとく質問してくる。

「ああ、『ソーラー充電器』っていう太陽の光で充電できる機械を持ってきて……まあ、ようするになんとかなったたっていうことです」

説明が面倒だったのでそれだけ話した。啓助さんも、それ以上は聞いてこなかった。

「……あと、人気があって値段が高かったのは……鰻（うなぎ）、特に鰻丼（うなどん）、か」

「うなぎ？　あんなものが人気なんですか？」

良平が不思議そうな顔をする。

「えっ？　だってウナギ、うまいじゃないか」

「そうですか？　僕は全然おいしいとは思いませんけど」

彼の疑問を不思議に思った俺は、もう少し詳しく調べてみて納得した。

「……なるほど、鰻を『蒲焼きにしてタレをつけて、ご飯にのせて食べる』というのが発明されたのは、もっとあとの時代なんだ。それまではぶつ切りにして、串に刺して焼いていただけか。確かにそれじゃあまずそうだ……蒲焼きの作り方も書いてあるし、タレも工夫したら完成させられそうだ。これはいけるかもしれない」

手応えを感じた俺の表情を見て、啓助さんはちょっと怖いものを見るような顔になった。

「拓也さん……どうしてそんなに物知りなんですか？　あなたはひょっとして、本当に、仙人？」

「まさか。ただ、この『すまほ』にいろんな資料……百科事典やら、英和辞典やら、歴史資料集やら、いろいろ記録しておいただけです」

ネットがつながらないこの時代、調べ物するのに便利なように、十万円以上のお金をかけて資料をインストールしておいたのだ。

「……それって、一体どれほどの情報があるのですか？」

「これですか？　うーん、画像データも含めると数ギガはあったはずだから……そうだなあ、この時代の巻物にたとえると、一万本以上は軽くあると思いますよ」

「いっ……いちまんぼん……」

良平は絶句した。

「……拓也さん……やはり、あなたはすごい人だ。元の世界に戻る術を失っても、その仙力は少しも衰えない……」

……彼の言葉を聞いて、俺はまだ、この時代においては「情報」という名の特殊な能力を持っており、人の役に立てるんだということに気づかされた。

第25話　一夜を共に

この日、「物件の賃貸」については啓助さんへの回答を保留して、一度前田邸へと帰ることにした。

取り引きする金額も大きくなりそうだし、女の子たちに相談しないといけない。

それに、昨日一睡もしていない。

物事の正常な判断ができる自信がなかった。

「現代へ帰れなくなった」という精神的なショックもある。

町から前田邸への一時間の道のりは、そのときの自分にとって、相当きつかった。

昨日の傷も癒えているわけではなく、むしろ痛みがひどくなっているような気がした。

へろへろになりながら、ようやく到着。

心配して出てきてくれた優に、俺は「いい話がある」と切り出した。

そして源ノ助さんも含めた全員を囲炉裏部屋に集め、月星楼を借り受ける話をした。

一番興味を持ってくれたのは、その源ノ助さんだった。

「……あの『月星楼』の話とは……もしそこを借り受け、商売……つまり拓也殿の言うところの

『居酒屋』が成功したとすれば、それは阿東藩のみならず、江戸にも拓也殿の名が知られるほどの快挙となりますぞ」

彼は早くも興奮気味だ。

「でも、月十両とは……無謀ですわ」

これは凜さん。確かに俺もそう思った、と返した。

「だから、簡単に言えば『よっぽど儲かる』何かを献立に加えなければならない。一応、さっき話した『良平』という料理人に、鰻の新しい料理法の概要を教えて、今、研究してくれているはずだけど……」

「でも、それだけで『月星楼』にお客様を呼び込めるものでしょうか」

凜さんはなかなか慎重だ。そういう意味では、「おかみさん」に向いている。

「……早いうちに返事はしないといけないけど……正直、今日は俺、いろいろあって疲れてて、あまり良い考えが浮かばないんだ。また、明日の朝、話をしよう」

俺の、「とりあえず保留」の意見に、みんなほっとしたような顔になり、了承してくれた。

俺は昨日も風呂に入れなかったこともあり、この日も一番風呂を勧められた。

もう沸かしてくれているということなので、ありがたくいただくことにした。

昨日の話の流れでいくと、ひょっとしたら優、また一緒に入ってきてくれるかな……そんな淡い期待を抱きながら、俺はかけ湯もそこそこに、湯船に浸かった。


「……拓也さんっ、拓也さんっ……大丈夫ですかっ！」

……何か切羽詰まった女性の……たぶん優の声に、俺は目を覚ました。

目の前に、心配そうに俺の顔をのぞき込む、彼女の姿があった。

「……やっぱり優だったか。どうしたんだ？」

「……よかった……ダメです、拓也さん。湯船の中で寝ちゃうなんて」

……そういえば、俺、風呂に入ってたんだ。あんまり疲れてたんで、寝てしまっていたか。

あれ？　ということは、浴室の中だけど……優は服を着ている。

「……なんで優がここに？」

「だって、拓也さん、いくら声をかけても返事がないから、慌てて駆け込んできたんです。こんなに疲れているなんて……また寝てしまうかもしれないから、もう出た方がいいですよ」

「……そうかな……ついさっき入ったばかりだし、お湯もぬるめだし、もうちょっといたいけど」

「……分かりました。じゃあ、どうしてもっていうならば、心配だから……私も入ります」

俺は一瞬きょとんとしたが、恥ずかしそうな、それでいてすねたような表情の優が、たまらなくかわいく思えた。

「じゃあ……お願いします……」

なぜか俺は敬語で答えてしまった。

……数十秒後、優は裸になって入ってきた。

もう混浴も三回目だし、お互い好きだって告白し合った仲だ。別にそれほど緊張する必要はない。

それでも、やっぱり自分の鼓動がものすごく速くなっているのを感じていた。

あとで知ったことだが、この時代、男女の混浴はごく普通で、恋人どころか見ず知らずの人とでも一緒に入ることがあったという。

けれど、それは大きな銭湯での話で……二人きり、というのは特別だと思うのだが、そこは凛さんが「当たり前のこと」だと常々優を煽っていたらしい。

肩をくっつけるようにして、湯船に浸かっている。

そして優は、俺の左腕から肩、脇腹に続く傷を見て、悲しそうな顔をした。

「こんなにすりむいて、怪我してるのに、昨日の今日で町まで出かけていくなんて……ゆっくり治してからにすればよかったのに……」

「啓助さんが話を持ってきたということは、たいていの場合、そのときが絶好の機会なんだ。今までのように稼げなくなったっていうのもあって……ちょっと焦りすぎたかな」

「……私は、商売のことはよく分かりませんけど……急ぎすぎなような気がします」

「うーん、やっぱりそうかな……けど、あれだけの大きな店、やっぱり憧れるっていう部分はあるなあ」

少し頑張れば借り受けられると思うと、思わずニヤけてしまった。

「それにしても、月十両なんて……私たち娘五人、一両あればひと月食べていけるんですよ。もちろん、贅沢をしなければですが」

……俺はその言葉を聞いて、はっと気づいた。

確かに、その通り……前田邸の家賃こそ月二両、支払っているが、それを除けば、彼女たちは節約すれば、月一両で生活できるのだ。

大根だって、皮や葉っぱまで大事に使う。

白米も、俺が持ってきたものがあるにもかかわらず、麦などを混ぜ、量を増やして食べている。

漬け物も、自分たちで作っている。

そうやって、普段、なるべく俺に負担をかけないようにと節制しているのだ。

それなのに、月十両も出して……俺は、何をするつもりだったのだろう。

そもそも、俺の最終目標って、何なのだろうか……。

そして思い出した。

彼女たちを、「身売り」という制度から守る……それがこの時代に留まった最大の理由であり、そしてもう、その目標は達成していたのだ。

「優……いきなり変なこと聞くけど……君の人生における目標っていうか、そういうものってある？」

「人生の目標……そんな大層なものではないですけど、憧れている生活はあります」

「憧れ……それでいい。その中身を聞きたい」

「えっと……ごく普通の夢ですよ。結婚して、子供を産んで、育てる。それで、常に笑顔の絶えない家庭であったならば、私はそれで幸せだと思っています」

……その答えは俺にとって、ちょっとした衝撃だった。

こんなに当たり前の答えなのに……俺も、それでいいはずなのに……なぜ、急いで、無理をして、あんな大きな店を経営しようと考えていたのだろうか。

今、こうやって大好きな優と混浴していること自体、これ以上ない幸せではないか。

なぜ、あんな大それたことを夢見ていたのだろうか……。

「優……俺、ちょっと考え直した。やっぱり、『月星楼』は時期尚早だ。まず、小さな店から始める。俺と、君たち五人で十分やっていける程度の店だ。そこで商売がうまく回りだしたら、次第に大きくしていけばいい。月星楼はラスボスだ」

「えっ……らすぼすって？」

「まあ、ようするに、最終目標っていうことだ」

「そういう意味ですか。だったら……いいんじゃないですか？　それなら私も賛成です」

「よかった。だったら……その……協力してほしい」

「協力って？」

「これから、ずっと一緒に、商売と……生活をやっていくっていう、その、協力」

「ずっと、一緒に……ですか……私は、そう思っていますよ。なにしろ、三百五十両っていうとんでもない大金で買い取っていただいた身ですから」

「あ、いや……そういう意味じゃなく……」

「……私は……ただ、拓也さんについていきます……」

湯船の中で、裸で、肩を並べる俺と優。

彼女の返事を聞いて、俺は残りの人生をずっと優と共に過ごそうと、心に決めた。

そしてその夜、俺と優は、同じ床で一夜を共にした。

といっても、手を出したわけではなく……疲れ切っていた俺は、彼女がすぐ隣で添い寝してくれているという、それだけで満たされ、幸せな気分で、昨日のことが嘘のように、よく眠れたのだ。

添い寝は「凛さんの指示」だったのだが……それは建前、と優本人が打ち明けてくれたのが嬉しかった。

……こんな幸福が、一生続くものだと信じていた。

しかし……俺は本来ここでの時空の中には「いるべきではない」存在だった。

そしてその事実を認識させられるときが、着実に迫っていた。

第26話 プロポーズ

旧暦の九月十九日、早朝。

俺は幸せな気分で目を覚ました。

隣では、優がほんのわずか、寝息を立てている。

少し乱れた髪が、大人になりかけである彼女の色気を醸し出している。

しかしそれに相反するような、まだ少しだけあどけなさも残るその美しい顔の作りが、さらに俺に愛おしさと、この上ない満足感をもたらしていた。

それから、約二時間後。

囲炉裏部屋で、源ノ助さんを含む全員で朝食を済ませ、俺は今後の方針を彼女たちに伝えた。

まず、月星楼借り受けの話は、いったん断ること。

その代わり、もう少し規模の小さな店を探し、借りるか買い取るかして「居酒屋」にすること。

ただし、啓助さんが紹介してくれた「良平」という料理人が鰻の新しい調理法、タレを付けた「蒲焼き」を成功させ、かつ、皆が納得してくれたならば、彼を料理長として「鰻丼専門店」を出店すること。

これは歴史上、「鰻丼」が登場と同時に大流行したという事実から、やってみる価値はあると考えたのだ。

まずは小さな店から経営を始め、儲けが出るようになれば徐々に拡大させ、最終的に月星楼のような大きな店舗を目指そう、と話した。

昨日は懐疑的だった凜さんも、

「それならば、無理がありませんし、よろしいんじゃないですか。私もお手伝いさせていただきますわ」

と笑顔で納得してくれた。

優には前日のうちに話しておいた内容であるし、ナツ、ユキ、ハルの三姉妹にしても、内職だけでは今後生活が苦しくなることを理解してくれていたので、まず小さな店から、という今回の提案には賛成してくれた。

源ノ助さんだけは最初の規模から小さくなってしまったことを少し残念がったが、とりたてて反対するわけでもなかったので、この方針でいこう、とあっさり決まった。

あと、問題があるとすれば啓助さん、だ。

彼からすれば「商談の規模が小さくなってしまう」ことになる。

おそらく、相当がっかりするだろう。

しかし、ここは慎重にいきたいと俺は考えている。

俺は別に「大金持ち」になりたいわけではなく、優や、他の子たちと幸せに暮らせればそれでいいのだから……。


——それは、突然鳴り響いた。

左手の、もう壊れて動かないと思っていたデジタル腕時計型タイムトラベル発生装置、通称「ラプター」が、警告音を発し始めたのだ。

驚いてその表示を見てみると、さっきまでは故障した時刻、つまり一昨日の午後を表示したままピクリとも動かなかったのに、今は秒刻みで「何かの」カウントダウンが始まっている。

内容をよく見てみると……。

「最終安全装置作動　現代へ強制転移まで　あと　00：59：40」

と表示されている。

どくん、と心臓がはねた。

叔父は、このラプターについて、常々「一日一回は現代に帰ってくるように」と言っていた。

俺はその言いつけを守っていたし、それ以上使用し続けたらどうなるか、考えたこともなかった。

そしてこのカウントダウンが終わる時刻は……一昨日、俺が最後にこの時代にやってきてから、ちょうど四十八時間後となる。

「現代へ強制転移……これ、ひょっとしたら、俺、元の世界に帰れるかも……」

これは俺が万一事故や事件に巻き込まれた際の、現代へ帰るための「保険」のようなものだと考えて間違いなさそうだった。

そして最終安全装置であるがゆえ、最も障害に強く設計されていたのだ。

「それはよかった、一昨日あれだけ悩んで損したかもしれませんな」

源ノ助さんも喜んでくれている。

他の女の子たちも、

「よかった、よかった！」

とか、

「これでよりいっそう、お金儲けができるようになりますわねっ」

とか、まるで自分のことのように喜び、ユキやハルはなぜか大はしゃぎしている。

――ただ、優だけは微妙な……言うなれば「心配そうな」顔つきだった。

「……それで、拓也さん、またこの時代に帰ってくるんですよね？」

「うん？　ああ、あっちには予備の『ラプター』があるから、それを使えばすぐにこっちの世界に帰ってこられるよ。それに、もし万が一、それらがうまく働かなかったとしても、君たちは自由の身だし、ある程度資金は残っているわけだし、今後の出店計画も今、決まったところだから、もう俺がいなくても大丈夫……」

そこまで言葉にしたとき、ぞくん、と鳥肌が立った。

昨日考えた、よくあるストーリー。

未来や異世界からやってきた英雄が特殊能力を使い、訪れた世界で大活躍する。

しかしある日、彼は元の世界へ帰る手段と能力を失ってしまう。

最初は落ち込む主人公だが、その世界で知り合った仲間と共に、数々の苦難を乗り越えていく。

やがて、仲間たちは成長し、もう主人公の存在なしでも十分生きていけるだけの力を身につける。それと同時に、タイミングよく主人公は元の世界に帰る力を取り戻す。

「君たちは、もう俺がいなくても大丈夫」

それだけ言い残し、彼は元の世界に帰っていく。

そして、もう二度と帰ってこない――。

（まさか……俺は自分で何かのフラグを立ててしまった……？）

俺が言葉を詰まらせた様子を見て、優が、ますます不安げに……泣きそうな顔になる。

やがてそれは、他の少女たちにも伝わった。

「まさか……帰ってこられない……のか？」

ナツまでもが、目に涙をためている。

ユキも、ハルも、はしゃぐのをやめ……そして俺を見つめた。

「帰ってこられない……その可能性が、あるのですね？」

凛さんが、悲しげに……俺の瞳を見つめた。

この時代では、ラプターは「体から取り外すことができない」仕組みだ。

だから、強制転移はおそらく間違いなく実行される。

そして、今身につけているラプターは故障しており、「自由に移動すること」ができない。つまり、この装置で三百年前の、この時代に来ることはできない。

現代に帰れば、叔父がラプターの二号機、三号機を作成しているが、それらは一度も時空間移動に成功していない。

叔父の理論によれば、それはこの時代が「俺」しか受け入れられない世界となっているからだということだが……。

つまるところ、今身につけている「ラプター」の、「故障する前」の物しか、自由な時空間移動は実現していないのだ。

そうしているうちにも、カウントダウンが進んでいく。

呆然としている暇はない。今、この世界でやっておくべきことを済まさねばならない。

「凜さん、俺がいなくなったあとは、あなたを番頭とします。それでここにいる彼女たちを束ねてください」

「……そんな、いきなり……でも、今、この状況だと、そうするしかないのですね……分かりました。どこまでやれるか分かりませんが、優たちに対して責任を持つ、という意味でしたら、お引き受けしますわ」

覚悟を決めた返事だった。

「優、君は凜さんの補佐をしてくれ。俺がどこに資金を隠しているか、知ってるな？」

「はい……あの場所の、金庫の中ですね」

「そうだ。金庫は柱にチェーンでくくりつけて、取れなくしている。金庫の番号と、鍵の在り処を説明しておく」

墨と筆を用意する時間が惜しい。俺は急いで、現代から持ち込んでいたメモ帳にボールペンで情報を記入した。

ちなみに、凜さんと優にしか話していなかったが、金庫は納屋の床下に隠していた。

「ナツ、君はこの中で一番読み書き、そろばんが得意だったはずだ。だから帳簿なんかは任せる。あと、他の人にも教えてあげてくれ」

「いや……帳簿の付け方なんか分からない。私は……実は、何もできない」

彼女は不安そうだった。自分が大して役に立つ能力をもっていないと、卑下していたのだ。

実際は、武士である父の教育で基礎教養は身につけているはずだが……。

だから、俺は彼女を安心させるように笑顔を見せた。

「ナツ、分からないことがあれば、他人に頼ればいいさ。啓助さんに聞けば教えてくれるだろう。そのためにお金が必要なら、使ってくれて構わない。あと、源ノ助さんも相当物知りだし、何より教養は俺なんかよりもはるかに高い。なにしろ藩の重職だったのだから」

俺の言葉に、「えっ」と、凜さん、優、ナツの三人が彼を見つめた。

「あっ、いや、これは参りましたな。拙者、そんな大層なものではござらん」

突然のムチャ振りに困惑する源ノ助さんだったが、今はそれに構っている時間がなかった。

そしてユキ、ハルの双子にも、接客方法を学ぶように指示した。

もともと人見知りせず、愛想のいい二人だ。すぐにでもできるようになるだろう。

そしてあとのことは、啓助さん、源ノ助さんを頼るように指示した。

特に啓助さんは切れ者の商人だから、基本的には信用できるが、いつの間にか彼のペースに乗せられている可能性もあるので注意するように、と冗談交じりで警告した。

これで、今後の商売の方針については一通りの説明が終わった。

その時点で、ラプターのカウントダウンは、数分しか残っていなかった。

俺は、最後の時間、優と二人きりで過ごしたいと申し出た。

その願いは叶い……俺と彼女は、奥の部屋で一度抱き締め合った。

「拓也さん……帰ってくるんですよね？　私、信じています……待っています……」

……一瞬、どう答えるか迷った。

『万一、もし帰らなければ、他にいい男の人を見つけて、結婚して、子供を産んで、幸せに暮らすんだ』

その一言を言ってしまうと、本当にもう、俺はこの時代に帰ってこられなくなる気がした。

だから、俺はこう言った。

「俺は、必ず帰ってくる。そしたら……そしたら……結婚してほしいっ！」

……突然のその一言に、彼女は一瞬、驚きで目を見開いた。

数秒後、涙をあふれさせ、満面の笑顔になって……そして再び俺に抱きついた。

「はい……私、約束します……拓也さんのお嫁さんになります……」

……この江戸時代で、俺は十六歳にしてプロポーズし、そして受け入れられた。

長い別れの、ほんの数十秒前に……。

――ラプターの強制転移発動時刻が、迫ってきた。

俺と優は、体を離した。

今まで、俺はこの時代、誰かの目の前で転移したことはなかった。

しかし今回は、最後の瞬間まで優に見届けてもらいたかった。

「じゃあ……行ってくる」

俺は微笑みを浮かべた。

彼女も、微笑みを返してくれた。

そして俺は、彼女の視界から、その姿をかき消した――。

第27話　少女たちの罠

俺が現代に戻って、三カ月以上経っていた。

三百年前の世界では時期がずれている関係で、既に新年を迎えているはずだ。ということは、数え年の彼女たちは一つずつ歳をとっている。

凛さんは、もう二十歳。優は十八歳、ナツ十七歳。双子のユキとハルも、十五歳になっているはずだ。

満年齢では変わっていないのだが、数え年では、ずいぶん大人になったような気がする。

実際のところ、彼女たちに会えなくなったこの三カ月、とてつもなく長く感じた。

新しい店、無事に出せたかな……。

みんな、病気や怪我をしていないかな……。

そして優……浮気してないかな……。

——三カ月前、俺が現代に現れたのは、叔父の研究室だった。

叔父はそのとき、そこにおり……そして俺の帰還を喜ぶとともに、なぜこんなに遅れたのか事情を聞かれた。

隠す理由もなく、ありのままを全て話した。

その結果、

「対衝撃試験があまかったか……」

と一人納得していた。

「今回、君が帰ってきていない件について、三つほど理由を考えていた。一つ目が、これが最も懸念された、君が病気や事故で死亡してしまっていた場合、もしくはそれに準ずる、ラプターを操作できない状態になっていた場合。二つ目が、君が『現代』に戻る気をなくした場合。三つ目が、ラプターの故障だ」

ふんふん、と俺は頷いた。

「君が死亡していた場合は、四十八時間後に死体だけここに帰ってくることになり、それを一番恐れていたが、杞憂だった。現代に帰る気をなくして、向こうに留まろうと考えているのならば、それは安全装置の働きによって強制的に帰ってくることになる。だが、その可能性は低いと思っていた。君が家出する理由が思い当たらなかったからだ」

確かに、向こうの世界のことが気に入っていたが、自由に行き来できる以上、こっちの世界に帰ってこない理由はなかった。

「三つ目の『ラプターの故障』……これもかなり懸念事項だった。安全機構自体は『こっちの世界』

にその原理が存在するから、向こうでラプターが完全に壊れても帰ってこられるようにはなっていたが、あくまで理論上の話だ」

……ちょっと聞いただけでは意味が分からない。

「簡単に言えば、糸のついた凧（たこ）、ひものついたボール……つまり、糸やひもを引っ張れば、こっちに帰ってくる。そういうことだ」

……なるほど。それなら分かるし、向こうでラプターが外せなかったのもそのためか。

「しかし、今回二日間とはいえ、君の安否が分からない状態が続いたことは大きな懸念材料だ。ラプターは完全な安全性が実証されるまで、当面使用禁止だ……どのみち、君のそれはもう壊れてしまっているようだしな……」

……こうして、俺は過去へ行く手段をなくした。

叔父に連れられて家に帰ったとき……叱られるかと思ったが、母と妹が涙を流して無事を喜んでくれたのは意外だった。

父も俺を心配し、帰国の準備まで進めようとしていたが、叔父が

「夏休みだし、はめを外しているだけでしょう。僕には心当たりがある。明日には帰ってくるはずです」

と言ってくれていたおかげで、捜索願が出されるような大騒ぎにはなっていなかった。
俺は無断外泊をしたことを詫び、その理由については、どうしても話せない、とだけしか言わなかった。また、叔父も
「僕にも責任がある」
とフォローしてくれた。
しばらくして、母と妹には
「彼女と関係があるの？」
と冷やかし半分に聞かれたが、当たらずとも遠からず。適当にごまかしておいた。

——それからの俺は、抜け殻のようだった。

心にぽっかりと穴が空いた状態……優や、他の少女たちのことが、心配で仕方がない。

何事にもやる気が起きず……成績も下がり、家族にも心配をかけた。

そんな俺の様子を見かねたのか……叔父が、実は「危険すぎる」という理由であきらめかけていた「ラプター」の改造に、取り組んでくれたのだ。

そしてこの日。

叔父が誇らしげに、デジタル腕時計型のそれを二つ、俺に渡してくれた。

「安全性においてさらに改良を加えたものだ。重量制限や再稼働時間制限は同じだが……使用者、つまり君の心拍数や血圧、体温を常に監視しており、異常だと判断すると即現代に返してくれる。四十八時間の保険もそのまま残っている。あと、強い衝撃を感じた場合も、エアバッグが作動する原理で現代へ強制的に転送される。安全性を大幅に高め、かつ、常にバックアップとして作動するよう、左右の手首に一つずつ装着するんだ」

ようするに、前みたいにどこかにぶつけて壊れても、少なくとも現代に帰れなくなることはない、というわけらしい。これは心強い。

「新生『パーフェクト・ツイン・ラプター・システム』、略して『ツイン・ラプター』だ！」

……いや、微妙に略じゃないような気がする。

ただ、ツインシステムになっているのは便利だ。故障時のバックアップ用途だけでなく、片方が待機時間中でも使えるようだし。

そして土曜日で学校が休みのその日、俺は早朝から「ツイン・ラプター」を使用した。

——出現したそこは、前回初めて使用したときと同じ、田んぼの真ん中。

相当寒く、背負っていたリュックから、半纏（はんてん）を取り出して着込んだ。

前のラプターのメモリは引き継げなかったため、一からポイント登録のやり直しだ。

そしてこの場所からならば、前田邸より町の方がかなり近い。

先に町に寄って、計画通り飲食店が出店されているか、確認することにした。

この時代では既に正月が終わっており、なんとなくのんびりした雰囲気に包まれている。行き交う人も少なめだ。

俺は一人の男性に
「最近新しい店ができていないか」

と聞いてみると、

「ああ、とてもうまい鰻料理を出す、『前田屋』っていう店が年末ごろに出店しているよ。あそこの鰻丼は絶品だ。小さな店だけど、繁盛してるよ」

と、親切に大体の場所まで教えてくれた。

前田屋、鰻料理……間違いない。

「……本当にできてたんだ。みんな、頑張ったんだな……」

俺の心は躍った。

そして、その店の前に俺は立った。

まだのれんは出ておらず、引き戸が閉まっている。しかし、中から物音が聞こえる。

三カ月、このときを待ちわびた。それと同時に、怖くなった。

この中にいるのは、本当に優たちだろうか。

時空のゆがみか何かが発生して、別の世界だったりしないだろうか。

それとも、間違いなく彼女たちだったとして、俺のことを忘れている……いや、最初から出会っていないことになったりしていないだろうか。

俺は恐る恐る、その引き戸を開いた。

すぐに女性の声が聞こえてきた。

「……あっ、すみませーん、お客さん、まだ準備中なので……」

……束ねた黒髪、澄んだ瞳、すっと通った鼻筋、ちょっと湿った小さな唇。

この三カ月、恋い焦がれ、思いを募らせ、片時たりとも忘れることのできなかった、その優しげな笑顔。

……優だった。

俺はいきなり、一番会いたかった彼女に、会えた。

優は、一瞬きょとんとした表情で固まり、二秒後、持っていた布巾を取り落とした。

そして……大粒の涙をこぼし始めた。

「ごめん、優。遅くなった……」

俺も、自分が涙声になるのを感じていた。

そして彼女は駆け寄ってきて、俺に抱きついた。

俺も、強く彼女を抱き締めた。

……優の様子に気づいた他の娘たちも、俺の顔を見て驚きの声を上げ、そしてみんな集まってきた。

凜さんは、相変わらず綺麗で、ますます色気が出ているようだった。

ナツは、少し髪が伸び、なんというか、前より女性っぽく変わっていた。

そしてユキとハルの双子は、背が少し伸びたこともあるが、顔つきからあどけなさがほんのわずかに消えて、ドキッとするほど綺麗な少女になっていた。

奥から、料理人の良平も出てきた。

こちらは前に会ったときのおどおどした様子がなくなり、その表情はかなり自信を付けているように見受けられた。

源ノ助さんもいた。彼だけが、ほとんど変わっていなかった。

四人の少女と二人の男性に囲まれ、俺は盛大に歓迎された。

その間、優はずっと俺の胸の中で、泣きじゃくっていた――。

数刻後、町人が教えてくれた通り、店は繁盛していた。

俺も「鰻丼」を食べた。現代のものとは少し異なるが、十分うまかった。

本当なら鰻丼はもっとあとに発明された食べ方であり、そういう意味では俺は「歴史を変えてしまった」ことになるのだが、叔父に前から聞いていたとおり、ここは一種の平行世界、いわば「パラレルワールド」のため、自分たちの歴史が変わることはない。

日が落ち、あたりが暗くなり始める頃には材料が底をつき、完売。

最近は仕入れの量を増やしているが、それでも売れ残ったことはないという。

たまたまこの店を訪れた啓助さんの顔も、久しぶりに見た。

俺は「完全復活」し、また現代とこの時代を行き来できるようになったと告げると、早速「鏡」を発注してきた。やはり、抜け目のない商売人だ。

優たち五人と源ノ助さんは、前田邸から一時間以上の道のりを、毎日通っているという。

この店を始めてからは引っ越しも考えたが、「俺がいつ帰ってきてもいいように」と、前田邸にずっと住んでいるらしい。

余談だが、帰宅するのが遅くなってしまっているため、風呂は湯屋、つまり銭湯を利用しているという。

この時代、湯屋は混浴が普通。

とはいえ、湯屋の中は薄暗く、また、源ノ助さんも一緒に入って彼女たちをガードしてくれていたので、それほど怖かったり、恥ずかしかったりするわけではないという。

そういう意味では、彼女たち、俺と一緒に風呂に入ったのが混浴の最初ではなかったのだ。どうりで、あまり抵抗がなかったわけだ。

あと、俺は素直に源ノ助さんがうらやましいと思った。

その日は、集団でぞろぞろと、懐かしい前田邸まで歩いた。

今まで俺が帰ってこられなかった経緯や、彼女たちが店を出すまでの苦労など、話は尽きなかった。

その中で、最も俺を焦らせたのが、

「拓也さん、あなた、優と婚姻の約束をしたんですってね」

という凛さんの一言だった。

「え、あ、あの……はい、しました」

凛さんは、優の姉。つまり、結婚したら本当にお義姉さんになるのだ。

優は帰り道、ずっと俺に寄り添っており……そのときは何もしゃべらず、下を向いていた。

ユキやハルの冷やかしの言葉も聞こえて、それがさらに俺の顔を熱くさせた。

「私としては、すごく嬉しいですわ。もう、完全に未来と今を往復する技、取り戻されたんでしょう？　妹が、こんな立派な大商人で、仙人でもある拓也さんと一緒になるんですから。両親も、泣いて喜んでくれますわ」

「いや、俺はそんな大した人間じゃないです。優と結婚したいって言ったのも、俺が本当にそう思っていたから。そう、わがままです」

「でも、優もそう思っていたんですから……これ以上ないお話ですわ。今日は帰ったら、宴ですわ」

凛さんのその一言に、待ってましたとばかりにはしゃぐユキとハル。このあたりの子供っぽい性格は、まだ変わっていない。

それに比べて、ナツは何もしゃべらず、ただ頷き、微笑んでいる。

正直、えっと思った。なんというか……このときだけかもしれないが、かわいくなっていた。

「拓也さん……優のこと、末永くお願いいたします。あと、妹以外の我々のことも……私たち、まだ行く先が決まっているわけではありません。だから今後も、拓也様のお世話になろうと思っています。よろしくお願いいたします……」

そんなにかしこまって挨拶されると、こっちが緊張してしまう。

俺も、こちらこそ、よろしくお願いします、と挨拶を返した。

そして目指す前田邸が見えてきた。

この日、俺は全ての懸念事項を払拭することができた。

以前より、さらに力を付けて、俺はこの時代に帰ってきた。

自分の店も持ち、さらに大きくしたいという夢もあった。

そして何より……優と再会することができた。

この日を境に俺は、「抜け殻」ではなくなった。本来の自分を取り戻した。

三百年前と、現代の二つの自分、どちらが本当の「俺」なのだろうか。

俺は、「三百年前の自分」こそが、俺がずっと理想としていた「人生の主人公」だと結論づけていた。

――これでカッコ良く、俺は一区切り付けられたと、自分で思っていた。

しかし、俺は凛さんの……いや、優を含めた五人の少女たちの、狡猾でずるがしこく、困惑するような、それでいてドキドキするような罠にはめられていたことを、このあと、知った。

「〇〇様のお世話になる」。

この言葉には、この時代、「〇〇様の妾になる」という意味が含まれていたのだ。

ということは、凛さんのあのかしこまった挨拶の真意は……。

………。

えええぇ――っ！

第28話　初恋（前編）

旧暦の一月七日。

俺が「ツイン・ラプター」でこの時代に帰ってきてから、一夜が明けた。

昨日は宴のあと、ちゃんと自宅に帰り、今朝、再び前田邸へ時空間移動していた。

かなり朝早く来たつもりだったのだが、戸締まりがしっかりとされており、人気がない。どうやら、もう町へと向かったらしい。

そうと知っていれば最初から町の登録ポイントに出現していたのに、と思いながら、彼女たちの後を追うように早足で歩き始めた。

一時間弱で、町に到着。かなり急いだが途中で追いつくことはなく、彼女たちの店はもう開店準備に取りかかっていた。

鰻料理専門店「前田屋」は、この時代の定番通り、机や椅子があるわけではなく、座敷の大部屋が「ついたて」によって分かれているだけだ。

大部屋と言っても、畳十二畳分ぐらいだろうか。一人ずつにお膳が出される形式で、そんなにたくさんの人が入れるわけではない。一人一畳と考えれば、十二人が定員か。

鰻丼の価格は、通常八十文のところ、開店特別価格として四十文で売り出されていた。かけそば一杯十六文の時代、やや強気の値段設定だが、鰻丼だから当たり前か。

それで連日、百杯以上売れているという。

売り上げは四千文、つまり一両。一日一両売り上げるとは、驚異的だ。

鰻を焼くのは若き料理長の良平、それを凛さんとナツがサポートしている。

接客は優、ハル、ユキがメインだが、優は漬け物や汁物の準備も手伝っている。

この三人、かなり人気で「この娘たちに会うため」だけに連日訪れる強者もいるらしい。

四十文、今の価値に換算して約千円。

ちょっときついと思うのだが……。

なお、一緒に出されている汁物は普通の「味噌汁」。

これはこれでおいしいのだが、やはり鰻と言えば「肝吸い」だ。

前回わずかな時間でここまで説明できていなかったし、薬味として「山椒」が合うことも伝えきれていなかった。また良平に教えてやろう。

そんな中、俺が不在の三カ月ちょっとの間で、かなり印象が変わったのがナツだ。

以前は俺にちょっと攻撃的で、何かにつけて文句を言ってきたのだが、こっちに帰ってきてからというもの、笑顔を返してくれることが多い。

あと、なんとなく物腰が優雅だ。

言葉使いこそ、男っぽいままなのだが、なんというか、トゲがなくなっている。

なんか、微妙に気になる。

開店前のこの時間、全員が厨房に集まるとちょっと狭く、ちょうどあふれた優を座敷に手招きし、探りを入れることにした。

「どうしたんですか、拓也さん。お客さんのいない今は、そこで座っていていいですよ」

「いや、まあ、そのつもりなんだけど、ちょっとナツの様子が気になって」

「ナツちゃんの？　あら、拓也さん、気づきました？　ちょっと色っぽくなったでしょう？」

「色っぽく？　……そう言われれば、そうかな」

本音では、「様子がおかしい」と感じていただけだけど……。

「実は……私がしゃべったって言わないでほしいんですが……」

まあ、たいていそうやって「秘密」は秘密でなくなっていく。

「ナツちゃん……良平さんに告白されたんですって」

「……へっ？　告白って……実は昔、親の敵だったと打ち明けられた、とか……」

「……拓也さん……」

優の呆れたような顔に、ちょっと慌てた。

「ご、ごめん、冗談だ。……っていうか、すぐには信じられなくて。良平、ナツのことが好きなのか？」

「そうみたいですね。……ナツちゃん、このお店ができるにあたって、一番熱心に勉強したんです。それこそ、良平さんにつきっきりで……。自分が一番、拓也さんの役に立てていないから、恩返しするんだって言って……」

「恩返し？　……義理堅いなあ……」

「ええ。それで、そういうところも含めて、良平さん、ナツちゃんのことを好きになっちゃったみたいです。同い年ですし……」

「なるほどなあ……」

「でも、ナツちゃんは、主である拓也さんが帰ってこられないのに、恋愛になどうつつをぬかしていられないって。意識はしていたみたいだけど……でも、拓也さんは昨日帰ってきました」

「ふむ。これで堂々と良平と付き合えると」

「違います、逆です」

「へ？」

「だって、ナツちゃんが本当に好きなの、拓也さんじゃないですか」

「……はい？　……俺？」

目が点になる。

「……もしかして……ご自分で気づいていらっしゃらなかったんですか？」

「いや、意味が分からない」

「じゃあ、忘れてください」

「ああ、聞かなかったことにする」

俺はお茶を一口飲んで、心を静めた。

「とにかく、その……拓也さんは帰ってくるし、良平さんからは告白されている状況で、その、なんていうか、乙女心というか……」

「……なんとなく分かったような気がする。たぶん、ドラマの主人公にでもなったような気分なんだろうな」

「どらま……？」

「いや、気にしなくていい」

確かにナツは見た目はかわいいし、ちょっときつい口調も、そういうのが好きな人にとっては魅力的なのかもしれない。

しかし、よく考えるとナツは満年齢だと十五歳。現代ならまだ中学生なのだ。

この時代では大人として扱われるかもしれないが、たぶんそういう恋愛問題に関わるのは初めてなんだろうな。

「……でも、それだとナツは良平に気がないんだよな？」

「どうなんでしょう。好きって言われて、嬉しくない女の子はいないと思いますけど……」

そこまで話したところで、優は凜さんに呼ばれて、厨房に戻っていった。

うーん、ナツにも春がきたか。言葉だけ聞くと、ちょっと意味不明だけど。

それにしても、優、途中で妙なことを言っていたな……ナツが俺のことを好きだって？　いや、それはないだろう……。

「タクヤ殿っ！」

突然後方から声をかけられて、俺はびくっと肩をすくめた。

店の入り口が半分開いており、いつの間にかナツがそこに立っていた。

「ちょっと、折り入って話があるんだが……聞いてもらえるか？」

俺が「ああ、構わない」と言うと、彼女も座敷に上がり込んできた。

「優から、どこまで聞いたか分からないが……まあ、なぜか良平は私のことを気に入ってくれているらしい」

……そっちこそ、どこまで俺たちの話を聞いていたのかと問いたかったが、とりあえず黙っておいた。

「けれど、私は貴殿に買い取られた身。だから他の男にうつつをぬかすわけにはいかないと考えている」

「貴殿」って……以前は「貴様」だったのに。それにしても、本当に義理堅い。

「そこで、お願いがある……一度しか言わないから、よく聞いてほしい」

……顔を赤らめ、神妙な表情のナツ。なにか……重要なことを言われそうな雰囲気。

まさか、さっき優が言っていたことは本当で……俺に、告白するつもりなのか？

俺は照れ隠しのため、静かにお茶を飲み始めた。気を落ち着かせる意味もある。

ナツは覚悟を決めたように、口を開いた。

「……拓也殿、今夜、私を……抱いてくれないか？」

……。

…………。

「うぐおぐはぁっ！　ごほっ！　げほっ！」

熱いお茶がストレートに気管に入り、俺は激しく悶えた。

「貴様っ！　私の一世一代の申し出だったというのにっ！」

……いや、いきなりこんなとんでもない申し出をされるとは思ってないから。あと、「貴様」に戻ってたな……。

ナツは文句を言いながらも、なお咳き込む俺の背中を軽くさすってくれる。

赤くなりながらも、少し嬉しそうな表情で手を動かし続ける彼女に、不覚にもどきっとさせられた。

ちらっと、厨房の方を見ると……げっ、優が心配そうに我々二人を見つめている。

良平もからんでいるこのややこしい関係……さっきのナツの超爆弾発言も含め、うまく対応しないと今後とんでもない事態を招いてしまうぞ……。

第29話　初恋（後編）

「……今のって……どういう意味で……」

　やや落ち着いた俺は、改めてナツに聞いたのだが……顔を赤らめたまましばらく無言が続き、ようやくあきらめたように口を開いた。

「私は……貴様の妾になって生きていく、と決めたんだ……」

「妾って……そういえば、凛さんもそんなことを言っていたけど、俺はそんなつもりはないんだ」

　俺は正直、困惑していた。

「では、どうして私を買い取ってくれたんだ？　これから、私たちをどうするつもりなんだ？」

「……たとえば、この店で働いてくれれば、それでいいと思っているけど」

「では……妾としては、雇ってくれないんだな……」

　その表情は、本気で寂しそうなものに見えた。

　凛さんはともかく、ナツも本気でそう考えていたのか？

　昨日、優と二人で話をしたとき、こう言われたのを思い出した。

「もし、拓也さんが他の人と夫婦になったとしても……私は妾になってでも、ずっと一緒にいたい

「……」

これを聞いたときは嬉しかったし、優なら本気でそう思ってくれていそうだ。

けど、ナツが、はたしてそこまで俺のことを考えてくれているのか。

あるいは双子の妹たちのため、安定した収入、生活を望んでいるのか……。

「実は、私も混乱しているんだ……同い年の、まだ会って三カ月程度の良平に、好きだと言われて……けれど、私は貴様に買い取られた身だし、大きな恩もある。良平のことも、嫌いではないが……」

そこまで聞いて、俺は理解した。

恋愛経験の浅いナツは……自分で言っているように、初めての経験ばかりで、混乱しているんだ。だからさっきみたいな突拍子もないことを言ってきたんだ。

「それに……貴様は優や凛さんとは、もう済ましたんだろう？　なら、私も……」

「いや、いろいろ誤解してるって。俺は優とも凛さんとも、なんにもなってないから」

「えっ……優とも？」

「ああ。なんの自慢にもならないが、俺はまだ誰とも経験がない」

ナツは、しばらく目をパチパチさせて……そして安堵したようにため息をついた。

「なんだ……私だけ取り残されているような気がしたが、そうではなかったんだな……」

……ふう、ようやく理解してもらえたか。

そしてそこに割り込んでくる影があった。

「拓也さん……お話があります」

げっ……今度は良平だ。いつの間にか俺たちのすぐ脇まで来ていた。ずっと話、聞かれていたのか？

「あの、その……拓也さん、僕が百両用意したら……夏のこと、譲ってもらうわけにはいきませんでしょうか？」

……またなんかややこしい話になってきた。

ナツは

「馬鹿なことを言うなっ！」

って怒ってるし。

俺の方が一つ年上だし、ちょっと文句言ってやるか。

「なあ、良平。ナツは物じゃないんだから、百両がどうこう言う前に、まずナツの気持ちを考えないと」

「それはそうですが……いつも彼女に『自分は拓也殿に買い取られた身だから』って言われるので……」

なるほど、だったら自分が買い戻すってわけか。でも、百両って大金だ。

「……まあ、おまえが金を貯めようっていうなら、それは別に止めはしない。けど、俺としても百両積み上げられたからって、簡単にナツを手放すつもりはない」

ちらっとナツを見る。彼女は深く頷いた。

「……ただ、おまえがどれだけ本気なのか見てみたいところではある。たぶん、ナツもそう思っているはずだ。それに、百両なんてそんなに簡単に貯まるものでもないだろう？　まずは、努力するんだ。料理の腕も、それと同時に男も磨くんだ。それによっては、考えが変わるかもな……俺も、ナツも」

再びナツを見る。ちょっと驚いたような表情をしている。俺がこんなことを言うのは意外だったか。

「……そうですね。すみません、ちょっと先走りすぎました。仙人のような、本当に雲の上の存在である拓也さんでさえ女性との経験、ないんですものね。僕も決して焦らず、でも頑張って男を磨きますっ！」

……余計なこと聞かれてた……。

まあ、あんまり良平のことは知らなかったけど、料理の腕は現段階でも確かなようだし、悪い奴でもなさそうだ。

さっきの説得は結論を先送りさせるだけの方便だったけど、なんとか切り抜けたかな。

……と、そのとき、入り口の引き戸が勢いよく開かれた。

そして入ってきたのは……身長一八〇センチ以上あろうかと思われる大男だった。

上背だけではない。肩幅も、体の厚みもあり、体重は一五〇キロを超えるのではないか……そう思わせるほどの巨漢だ。

「おい、鰻丼よこせっ」

……なんか命令口調だ。顔もちょっと赤いし、酒臭い。

朝っぱらから飲んでいる、たちの悪い酔っぱらいだ。

「すみません、まだ開店前で、準備できていないんです」

良平が必死に対応する。

「ふざけたことぬかすなっ！　……うん？　かわいいおなごがいるじゃねえか、鰻丼ないなら、てめえ、ちょっと酒ついでくれっ！」

そう言ってナツの方に腕を伸ばしてくる。

とっさに良平は間に入り、きっと大男を睨み付けた。

……分かったぞ！　これはたぶん良平の仲間だ。

タイミングよくやってきてナツにからんで、良平が彼女を守り、大男を追い返し、そして見直してもらう……そんな筋書きなんだ。

「てめえに用はねえっ！　引っ込んでろっ！」

バシィ！

大男の腕の一振りで、良平は店の奥まで吹き飛ばされた。

ナツも、厨房にいた優も凜さんも悲鳴を上げる。

……「良平の筋書き」説、あっけなく終了。ということは、本物の暴漢だ！

「気にいらねぇ！　こんな店、叩きつぶしてやるっ！」

大男は大声でわめいている。ふっ、馬鹿なヤツ。こっちには用心棒として剣の達人がいるんだ。

「源ノ助さん、お願いしますっ！」

俺は高らかに声を上げた。

「源ノ助さんは、さっきユキちゃん、ハルちゃんと一緒に、買い物に行きました……」

優が申し訳なさそうに告げた。

へっ？　……じゃあ、まともに相手できるの、俺だけ？

「なんだ、てめえ、やるのか？　相手になってやるぜ。言っておくが、俺は大関を投げ飛ばしたことがあるんだぜっ！」

……こいつ、力士か？　ハッタリかもしれないが、ケンカは得意みたいだ。

「優、あれをっ！」

「はいっ！」

以心伝心、彼女は俺に向かって警棒……バトン型スタンガンを投げてよこした。

以前、侍に襲われて以来、いくつか護身グッズをこっちの時代に持ち込んでいたが、その中でも最強の威力を誇る代物（しろもの）だ。

持ち歩くには若干かさばるので、この店の警備用にと今朝持ってきたばかりなのだが、こんなに早く使う機会があるとは……。

ボタンを押すと、バチバチバチッ！と破裂音とともに火花を撒き散らす。

護身用としては「催涙スプレー」も有効だし、実際に持っているが、店内ではあまり使いたくない。

それに威嚇という点においては、音とスパークで相手をびびらせるこっちの方が有効なはずだ。

「なんだ、そりゃ。そんなおもちゃで、俺がすくむとでも思っているのか？　それとも、それがウワサの『仙界の武器』か？」

なっ……こいつ、なんでそんなこと知っているんだ？

若干……いや、かなり気になったが、今は店を守ることの方が先決だ。

俺が奇妙な武器を持ち出したことで、大男も真剣な表情になる。

バチバチッと鮮烈な音を響かせるスタンガン。

それを右手で持ち、左手を添え、ピタリと先端を相手ののど元目指して掲げる俺。

大男は両手を大きく広げ、俺を捕まえようとする構えだ。

狭い店内、一歩踏み出すだけで相手に武器が届く。

異様な緊迫感の中、先に動いたのは大男だった。

不気味なバトンを勢いよく払いのけようと、腕を振り下ろしてきたのだ。

（ここだっ！）

俺は添えているだけ、と見せかけていた左腕を前にかざした。

そこに準備されていた物は……明るさ一万五千ルーメン、世界最高クラスのフラッシュライトだった。

「うわっ！　なんだっ！」

大男は一瞬、強烈な閃光により視力を失った。

だが、ケンカ慣れしてるのか、カンだけで腕を振り回してくる。

しかし、俺の狙いは大男の下半身だった。

体を低く、沈み込むように相手の足下に迫り、そして右の太ももにスタンガンを突き立てた。

「うっぐあぁ！」

大男はうめきながらその場に倒れ込み、悶絶した。

これまた世界最強クラス、百三十万ボルトの超強力スタンガンは、「真冬の寒さに凍えた手の甲を、金槌で思い切り叩いたような」衝撃を与える。男はしばらく立ち上がれないはずだ。

けど、念のため左ももにもやっておこう。

「ぎぁあぁあぁ！」

さらに悶える大男。

（なんかちょっと楽しいっ！）

もう一回右足。甲高い悲鳴。もうこのくらいにしておくか。

すると、ちょうどそこに源ノ助さん、ユキ、ハルが帰ってきた。

俺とナツが事情を説明すると、源ノ助さんは大男を立ち上がらせ、腕をひねり上げ、

「これから番所へ連れていく。抵抗すれば斬る」

と忠告し、そしてそのまま彼を連れていった。

さすが用心棒をしているだけはあると、俺は感心した。

ふと、外から誰かに見つめられているような気がして顔を出してみると、一組の男女が、怪しげな笑みを浮かべてこちらを見ていた。

この騒動に、十五人ほど野次馬が集まっていたのだが、遠巻きにこちらを見る彼らの目は、明ら

かに異質だった。

　店内に戻ると、良平はしょげていた。怪我はなかったようだが……。

「僕はやっぱり、拓也さんにはかなわない……」

　そんな愚痴をこぼしているようだったが、ナツが
「……私を守ろうとしてくれてありがとう。……カッコ良かったぞ」

と、彼を褒め、そして開店準備に戻ろうと、二人で厨房に入っていった。

　入れ替わりに、優が出てきた。

「……拓也さん、大丈夫？　かなり暴れたみたいですけど……」

「大男のこと？　俺のこと？」

「えっと……両方です……」

　そう言われると、ちょっとやりすぎたかな。

「あんまり無理、しないでくださいね。本当に、今日はどきどきしっぱなし……」

「どきどき？」

「ええ、さっきの騒動もそうでしたけど、その前に……」

「その前？」

「はい……あの……ナツちゃんに先を越されるかと思って……」

「ああ……あれか……」

もう忘れかけていたが、俺はナツに「今晩、抱いてほしい」って言われたんだった。結局うやむやになったわけだが。

「大丈夫だよ。今、ナツ相手にそんなこと考える余裕もないよ」

「そう……ですね。でもナツちゃん、もてるのね。良平さんに、たった三カ月でここまで気に入られちゃうなんて」

「ああ……三カ月、か。でも……俺は君と知り合って、一カ月で結婚まで申し込んだんだけど」

ちょっと照れながら、俺は話した。

「……そういえば、そうですね。それで私もお受けしたんですものね……」

そうだった。優は、俺のプロポーズ、了解してくれていたんだ。

……顔を桜色に染め、肩を寄せてくる優。それだけで、ものすごく幸せを感じる。

「私も、ナツちゃんを見習わなきゃ……」

へっ？　……優、ますます顔が赤くなっている。

「拓也さん……あの……」

ドキドキッ。

「今晩、あの、その……」

ドキドキドキドキッ。

「私と一緒に……」

ドキドキドキドキドキドキッ。

「私と……初めての……私を……」

ドキドキドキドキドキドキドキドキドキドキドキドキドキドキッ！

ピーッ！

突然の警報音。

慌ててラプターを見てみると、大きく警告の文字がっ！

『心拍数上限値突破を感知　強制帰還します！』

「なっ、ちょ……ちょっと待っ……」

フシュン。

「……うわああっ！　あっ……あっちぃー！」

……そこは帝都大学の研究室だった。

突然の俺の出現に驚いた叔父は慌ててのけぞり、そして食べかけていたカップラーメンを太ももにこぼし、あの大男のように悶えていた。

少し落ち着いたところで、俺は叔父に話した。

「あの……ラプターの心拍数閾値上限、もう少し上げてください」

「……善処しよう……」

ラプターの改修が終わるまで、俺は「経験」を積めないかもしれない。

第30話　混浴（銭湯編）

旧暦の一月十日。

学校帰り、江戸時代にタイムトラベルし、鰻料理専門店「前田屋」に行ってみると、もう営業は終了していた。

この時期、十分な量の鰻が準備できなくなっているという。

仕入れルートは「阿讃屋」で、方々探してくれてはいるようだが、そうすると値段が高くなってしまう。

また鰻が活発に動きだす春までは、別の料理を提供する方がいい、もしくは、思い切って一時閉店し、みんなで旅行でもするのもいいかもしれない、そんな話が出ていた。

この日は、早く終わったこともあり、久しぶりにみんなで湯屋、つまり銭湯に行くということだった。

俺も誘われ、「混浴」というのが気になり……一度行ってみることにした。

別に、彼女たちの裸がどうしても見たいというわけではなく……他の男性客からどんなふうに見られているのか、心配だったのだ。

ぞろぞろと湯屋の方に歩いていく俺たちを見て……なぜか並んで歩いている男が増えている気がする。

「やあ、お春ちゃん、ひょっとして今日はみんなで湯屋に行くの？」

「あ、大五郎さん。はい、みんなで行きますよ」

ハルは笑顔で返す。

「そうか。じゃあ、俺も行こうかな」

「はい、ぜひ！」

……ハル、警戒心なさすぎだ。いや、この時代、これが普通なのか？

いや、ナツがそれとなくハルに注意していた。もう年頃の女の子なんだから、やっぱり少しは警戒してほしい。

湯屋にたどり着くと、番台がいた。四十歳ぐらいのおじさんだ。

「やあ、やっぱり前田屋の皆さん、来てくれたんですね。どうりで今日はお客さんが多いと思った」

……そうなんだ。まあ、俺が客でも、来るだろうな。

主（あるじ）である俺が言うのも変かもしれないが、彼女たちは相当、かわいい。現代であればアイドルユニットとして成立できるぐらい。

もし、現代でそんな女の子たちと混浴できる銭湯があったとしたら……たとえそれがチラ見程度であったとしても、おそらく連日超満員だろうな……。

先にお金を払い、中に入っていく。

一人八文。現代の価値に換算すると、二百円ぐらい。確かに安い。

中に入って驚いたのは、脱衣所の時点から男女一緒だということだ。

明かりはほんのり、といったところだが、これでは普通に裸が見えてしまうのでは。

と思ったら、彼女たち、隅の方に固まって服を脱いでいる。その前を、源ノ助さんがしっかりガードしている。

とはいえ、完全に防げるわけではなく、けっこうな数の男性客がちらちらと彼女たちを盗み見ている。そこで俺と良平もガードに加わる。うっ、何か敵意を含んだ視線を感じる。

また、もう一つ驚いたことは、洗い場とは段差があるだけで、全く仕切りがないのだ。そのため、体を洗っている男女の姿が薄明かりの中、ぼうっと見えている。

とりたてて隠している人もいない。あ、すぐ近くで子供を背負っている若いお母さんの裸、見てしまった……。

ようやく全員、服を脱ぎ終わり、手ぬぐいだけを持って洗い場へ。

この間、女の子たちは一応固まって行動している。

凛さんは手ぬぐいで微妙に隠し、優は大きめの手ぬぐい……というか、俺がこの時代に持ち込んだバスタオルで前面を完全ガード。ナツは微妙に腕で隠し、ユキとハルは……隠していない。

いや、結構チラチラと見られているから。っていうか、俺も見てしまったけど。

しかし、そこは源ノ助さんが睨みをきかせている。少しでもいやらしそうな視線を投げかけてくる客には、その鋭い眼光を向け、びびらせていた。

源ノ助さんの体、相当鍛えられている。昔の刀傷らしきものも残っており、盛り上がる筋肉と相まって、かなり迫力がある。これでは女の子たちにちょっかいなど出す者はいないだろう。この点は一安心。

洗い場では彼女たち、隅の方に固まって、背中しか見えない状態。そこで糠ぬかを入れた布の袋で体を擦っている。

ユキとハルだけでなく、凛さんも……手ぬぐいを取り去っている。そうしないと、体を洗いにくいからだが……ちょっと横に回り込まれると、見えてしまいそうだ。

だが、彼女は「見えそうで見えない」絶妙の洗い方をしている。これ、わざとかな……。

あと、初めてナツの裸も見た。優よりも細めで、引き締まっている印象だった。

ナツ、優、凜さんと並んだ背中を見てちょっとドキリとしたが、雑念を振り払う。

ちなみに、俺は変な意識を持ってじろじろ彼女たちを見ているわけではない。

「他の客からどんなふうに見られているが、見えてしまうのかを確認したい、そのために君たちの裸を見てしまうかもしれない」

と、事前に了承は得ていた。

凜さんは、

「素直に私たちの裸、見たいからって言えばいいのに」

と笑っていたが。

しかし……少し距離をとり、かつ、顔がようやく分かる程度の薄暗さだとはいえ、やはり男性客の視線は五人の少女たちを集中してチラ見している。

彼女たちは気にしていないかもしれないけど、ちょっと嫌だな……。

体を洗い終わると、柘榴口（ざくろぐち）という低い仕切りをくぐって浴槽のある間へ。

この入り口、湯気が漏れ出すのを防ぐ役割をしているらしい。

そしてこちら側はもっと暗い。もはや、顔の判別も難しいぐらいだ。

ようやく、浴槽の中に浸かる。お湯はちょっとしか入っていない。いわゆる、半身浴だ。

ただ室温は高く、半分サウナ状態でもある。

不意に、体が誰かと触れてしまった。どきっとして隣を見る。

「……拓也さん、私です。優です……」

その小声を聞いて、ほっとした。そして嬉しくもあった。

「よく俺だと分かったな……優、目がいいんだな」

「ええ。暗いところには目が慣れていますから……」

「優……やっぱり、暗いとはいえ、君の裸が少しでも他の人に見られるの、嫌だな……」

「……私も、本当は気を使わずに入れる前田邸のお風呂の方がいいんですが……みんな、『前田屋』で働いて疲れたあと、薪でお風呂を沸かす元気がなくて……」

「そうだな。薪での風呂焚きは重労働だものな……」

前田邸は、内湯があるというだけでこの時代にしては珍しく、恵まれている。

また、すぐ上の岩場から水が湧き出しており、それを引いてきて直接湯船に入れられるので、水汲みの必要がないのも利点だ。

ちなみに、前田邸の井戸は地下から水をくみ上げる方式ではなく、引いてきた湧き水を貯める仕組みとなっている。

そんな「沸かすだけ」でいい前田邸の風呂でも、やはり沸かすのは大変なのだ。

「あと、ナツちゃん、ここのお風呂でお尻触られたって言っていました。大声を出して、その後、源ノ助さんが犯人の腕をひねり上げたらしいんですけど……」

げっ。痴漢が出るのか。これはやっぱり嫌だなあ。

この時代の銭湯は、おおらかで多くの人は混浴でも平気なのかもしれないが……やっぱり、前田邸の風呂の方がいい。俺が持ち込んだボディーソープやシャンプー、リンスなんかも使えるし。

やや熱めの風呂だったので、のぼせないうちにみんな外に出る。

柘榴口をくぐった瞬間、やはり男性客の視線が集中した。

薄暗く、バスタオルでガードしているとはいえ、ナツ、優は恥ずかしそう。

けど、よく見るとほとんどの女性はユキやハルのように、特に隠していない。

凛さんも、手ぬぐい一枚だけなので、完全に隠せているわけではないが、気にしていないようだ。

その後、脱衣所で服を着て、風呂敷に荷物を包み、帰宅。

良平と別れ、前田邸へ帰る途中、みんなに聞いてみるとやはり前田邸の風呂の方がいいと言う。

薪は注文しておけば運んでもらえるし、その代金ぐらいは俺が払うので問題ない。

ただ、沸かすとなると最低一人、つきっきりにならないといけない。

今の鰻丼店、みんな慣れてきたこともあり、店員として女の子が五人も必要なわけではない。

ならば、一人か二人、交替で前田邸に残るようにして風呂を沸かせばいいのではないか。

ただ、女の子だけが残ることになる前田邸の防犯をどうするか……。

ここで俺は、ある妙案を思いついていた。

第31話　新しい仲間

前田邸は、もともとは庄屋が住んでいた民家であり、「屋敷」と呼んでもいいぐらいの大きさがある。

部屋が五つもある母屋の他に、主に奉公人が利用していた「離れ」、そして「納屋」がコの字型に伸び、テニスコート半面ほどの大きさの庭が中央に存在する。

さらにその周りを塀（へい）が取り囲み、出入り口には立派な門が立ちふさがる。

門を出ると急な坂道となり、数十メートル下りて通常の農道につながっている。

門以外は二面が山の上につながる崖、もう一面が逆に下側に崖になっており、登ったり、下りたりは困難だ。

これだけを見ると防犯的には万全の区画に見えるが、そうではない。

塀はそれほど高くなく、せいぜい大人の頭の高さぐらい。外から見られないようにするための目隠し的な意味合いが強く、ちょっと身の軽い者が台でも置けば、簡単に乗り越えられる。

また、隣近所が存在しないのも問題だ。

塀の中で何か犯罪に巻き込まれたとしても、物音や騒ぎ声が他の誰かの耳に聞こえず、気づいてもらえない可能性がある。

今までは用心棒である武士の源ノ助さんがいてくれる時間が長かったので、幸いにも侵入者はなかったのだが、最近は全員で町に出ていることも多く、空き巣の被害が心配だ。

それだけならともかく、女の子だけが一人、二人しか残っていない場合、彼女たちが暴漢に襲われる可能性があり、むしろこちらの方が恐ろしい。

そこで俺は、現代の英知を駆使し、前田邸を一大要塞にしようと考えたのだが……。

実行できたのはせいぜい電池式の防犯センサー、アラームによる威嚇、警報の類と、少女たちに持たせるスタンガンや催涙スプレーなどの護身用武器程度。

それですら、彼女たちは怖がって身につけるのをためらうほどだ。

センサーも「仕掛けている場所」を通過して、初めて警報アラームがなるだけの仕組み。近づくだけで反応したりはしないいし、もちろん攻撃機能なんか備えているわけがない。

下手に自動攻撃機能なんかつけたら、かえって危険なのだが……。

かといって、もう一人用心棒を雇うほどの余裕はない。あったとしても、その用心棒自身が信用できるかが問題となってくる。

そうすると、俺が思いついた前田邸防犯の切り札は、現代の英知を結集したスーパーテクノロジーでもなんでもなく……古くから数百年にわたって利用されてきた、「あれ」になる。

――その朝、一匹の柴犬の子供が、前田邸の新しい仲間として迎え入れられた。

まだ生まれて二カ月程度の子犬だ。

顔の広い啓助さんが、知人からもらい受けてくれたもので、タダだった。

赤毛でまだ小さく、愛嬌を振りまく雄の子犬は少女たちに大人気。特に元気っ子のユキは大喜びで、「私が面倒を見るっ！」とはしゃいでいた。

今後番犬として活躍してもらうこの子犬、個人的には「ケルベロス」という格好いい名前にしたかったが、彼女たちに理解してもらえそうもないので、無難な「ポチ」にした。

ポチの方も、女の子たちのことが気に入ったようで、しっぽを振りながら「ワンワンッ！」と元気に吠えている。

また、威厳のある源ノ助さんがポチの名前を呼ぶと、「ワンッ！」と短く敬意を込めたように返事をする。

なのに、俺が近づくと「ウゥーッ！」と警戒を強め、さらに近づくと「ワンワンワンワンワンワンッ！」と吠えまくり、さらに噛みついてくる。俺、一応この家の主人なのに……。

けれど、そんな様子にナツは

「番犬として合格だ。不審者に対し、これだけ警戒するとは」

と、なぜか満足げに褒めていた。

いや、俺、不審者じゃないけど……。

ポチはセンサーよりもはるかに速く早期・確実に接近・侵入者に気づき、鳴き声で警告し、さらに若干ながら攻撃能力も備える。

また、俺を除くこの家の人間に対しては害がない。

用心棒と違って、お金もかからない。

エサは俺がドッグフードを用意することになった。俺、ポチに嫌われているのに……。

また、彼女たちにとっても癒される対象が増えたのはいいことなのかもしれない。

そのほかに最近になって前田邸に持ち込んだ便利グッズは、「カセット型発電機」だ。

これは小型のカセットガズボンベをセットすれば家庭用１００ボルト電源として稼働してくれるもので、これにより現代の「小型洗濯機」や「炊飯器」が使用できるようになった。

季節は真冬。少女たちにとって最も過酷な労働は「洗濯」だ。

前田邸は湧き水が豊富に使えるため、川まで下りていく必要がない。加えて、湧き水は水温が一定のため、冬は暖かく感じられる。

それでも、真冬に屋外で洗濯を行う彼女たちの手に、ひび、あかぎれができていたのは、この時代では当たり前とはいえ、可哀想だった。

炊飯もかなりの重労働だったが、炊飯器が使えるようになったことで一変した。

最初は凜さんや優は「贅沢すぎる、簡単すぎる」と戸惑っていたが、「今後売り込んでいくためのの試験だから」と言って納得してもらった。


ただ、ユキやハルが「これを当たり前」と考えてしまうとあとあと困ることになる、という理由で、従来通りの炊飯や洗濯も一定の割合で続けていくことになった。

彼女たちは、しっかりと自分たちの考えを持っている。

町で働く以外に、内職も続けている。

また、決して俺が持ち込む便利な道具や、豪華な食材に頼り切ることはない。

やがて、彼女たちは俺のもとを離れるときが来るかもしれない。

そうなっても、みんな自分たちだけで不自由なく生活できるように考え、協力し、それを楽しんでいるのだ。俺は、彼女たちの、現代では失われつつある芯の強さに感服していた。

そして、本当にこの子たちが身売りされなくてよかったと、心から安堵した。

さらには……もっと他にも、救える子がいるのではないか、と考えもしていた。

ただ、俺にとって優だけは別格の存在だった。

彼女に結婚まで申し込んだ気持ちは本気だったし、自分の家族にも会わせたいとも思っていた。

また、「未来の世界に行ってみたい」という彼女の言葉も、いつか実現させてあげたいと考えていた。

そんな中、叔父がある知らせを持ってきた。

「ラプター四号、五号が完成した。このツインシステムで、過去から未来へ、一人だけ転送できるはずだ。個人的には凜さんを呼びたかったが、彼女に拒否されたので……」

実は凜さんと叔父、俺のスマホを通じて動画の交換を行っていたのだが……恋は実らなかったようだ。

「拓也。おまえの好きな子を一人だけ、現代に呼んであげなさい。……もちろん、これは俺の理論が正しいことを証明するためだ。だから、俺にも会わせるように。……親戚になるかもしれないしな」

そう言って笑顔を見せる叔父のことを、俺は初めて（？）尊敬した。

第32話　番外編「花火」

案がありながら、本編で入れられなかった内容です。

拓也が少女たちを仮押さえしてから十日ほど過ぎた頃の話です。

本編では触れられなかった、拓也の「家族」が少しだけ登場します。

旧暦の八月二十六日。

この日は、秋祭りだった。

しかし、前田邸の敷地から出られない彼女たちは、当然参加することはできない。

幸か不幸か、前田邸は山の中腹で見晴らしがいいので、会場となっている河原が一望できる。

賑やかな屋台の様子が見えたり、子供たちのはしゃぎ声が聞こえてくる。

この日の夜は俺もいたので、彼女たちは源ノ助さんと一緒に庭に出てきて、その光景をうらやましそうに見ていた。

「あ、始まった！」

この日のお目当ては、花火だった。

ただ、江戸時代の花火は現代のような豪勢な打ち上げ花火ではない。

筒状の口を持つ大きな樽から火花が吹き出し、それを鑑賞するだけだ。

現在で言うところの仕掛け花火、というところか。

それでも、十メートル以上吹き上がる火柱は見事であり、歓声が上がっていた。

「近くで見たかったなあ……」

ユキの一言が、俺の心を打った。

（……これって、金儲けにもなるのではっ！）

俺はピンときた。

大きな打ち上げ花火は無理だが、家庭でできる花火セットは、現代でいくらでも手に入るじゃないか。

しょぼい線香花火ぐらいしかないこの江戸時代、高値で売れるのではないか……。

それに、とりあえずここの少女たちを楽しませてあげられそうだ。

俺は翌日にミニ花火大会を開催することを約束し、現代に帰ってきた。

翌日の夜。

月も出ておらず、夜になると真っ暗だ。

俺が持ち込んだＬＥＤランタンが、前田邸の庭を照らしていた。

そよ風程度しか吹いていない、絶好の条件だ。

彼女たちは、買ったばかりの、安物ではあるが「新品」の着物を着ていて、いつもより晴れやかな印象だった。

源ノ助さんも含め、みんな一体どんな「仙術」を見せてくれるのだろうかと期待しているようだ。

俺はディスカウントストアで大量に買い込んだ花火セットの一袋を取り出し、やや大きめの手持ち花火を、蠟燭の火に近づけた。

プシュウウゥ、という小気味よい音とともに、銀色の火花が吹き出す。

「うわあぁ！　きれいっ」

「すごい、すごいっ」

予想以上の迫力に、みんな大喜びだ。

女の子たちに、誰かやってみるように促してみる。

みんなちょっと怖がっていたが、ここは自分が、とナツが名乗り出た。

ナツもおっかなびっくりだったが、無事点火させることに成功。

火が噴き出し始めると、直立不動のままそれをじっと持っている。

ハルやユキは大喜びだが、ナツはだんだん火元が自分に近づいてくるのが少々怖いようだった。

「……まだ終わらないのか？」

「あと少しだから」

俺はちょっと笑いそうになるのを堪えながら、その様子を見ていた。

数秒後、無事終了。

ほっとして、双子が喜んでいる様子を見て笑顔になるナツ。

そのかわいらしさに、少しだけトクン、と鼓動が高まった。

ナツの勇気が呼び水となり、

「じゃあ次は私が……」

「その次、私っ！」

と、次々と花火が消費されていく。

小型の打ち上げ花火もあったが、これは火事がちょっと怖いのでやめておくことにした。

その代わり、ちょっとしたイタズラでネズミ花火を使うことにした。

「いいか、みんなよく見ておけよ。これはすごく面白いんだ」

俺の言葉に、みんなその輪になった小さな花火に注目する。

地面にそれを置き、点火用ライター「チェックマン」で火をつける。

シュルシュルシュル、という音、そして火花を放ちながら、それは勢いよく走りだし……そしてユキの方へと向かっていった。

「い、いやあぁぁ、怖いぃ！」

ユキは慌てて逃げ出すが、なぜかその方向に向かってネズミ花火は追いかけるように走っていく。

「やあぁ、なんでぇ！」

逃げる方向を変えるが、運悪く花火もそちらに向かってしまう。

そして最後に「パンッ！」という大きな音とともにネズミ花火は破裂した。

「ふやんっ！」

間の抜けた声とともに、ぽてっと前のめりに転んでしまったユキ。

買ったばかりの着物だったのに、台無しだ。

まずい、やりすぎた……。

俺は後悔したが、もう遅い。

彼女は数秒間、悲しそうな顔をして、そして次の瞬間……。

「もう一回やるっ！」

ぱっと笑顔になった。

その後、ユキとハルは、本物のネズミを追いかける子猫のように、ネズミ花火を追いかけ回して遊んだ。

「……ところで、拓也さん、この花火、一袋おいくらで売るおつもりですか？」

凜さんが尋ねてきた。

「うーん、そうだなあ……一朱で売れたら嬉しいけど……」

俺のその言葉に、全員の動きが止まった。

「一朱って……じゃあ、それで言ったら、この手持ち花火一つで、私たち一人一食、食べられるんじゃあ……」

一朱は一両の十六分の一で、現代のお金に換算して六千円ちょっと。一袋には二十本ほど入っている。

彼女たちが食費を切り詰めていることを考えると……そういう計算になる。

「……いやあ、これはお金持ちの人に遊んでもらう高級品にするつもりだから。それに俺たちの世界じゃ、原価はずっと安いんだ。気にしないで遊んでよ。どれだけ楽しんでもらえるかも参考になるんだから」

俺の言葉に、ようやくみんな、また花火を楽しみ始めた。

それと同時に、（これは金にならないな……）と直感した。

凜さんは、一番地味だけど一番可憐な、線香花火を楽しんでいた。

ぱちぱちと小さな火花を散らして、最後に赤い小さな丸い玉がポトリと落ちる。

実に風流で、色気のある凜さんによく似合っていた。

「姉さん、それかわいい。私もやってみる」

優も、並んで線香花火を始めた。

それを見つめる俺の視線に気づいたのか、凜さんは
「さあ、拓也さんも、こっちで、優の隣で」

と、変に気を使ってくれた。

「拓也さん、一緒にやりましょ」

優も、笑顔で呼んでくれている。まあ、真っ暗な中で混浴までした仲だし、このくらいなんでもないか。

俺たちは、並んで線香花火に火をつけた。

「きれい……」

笑顔で小さな火花を見つめる優の横顔は、ものすごくかわいらしい。

さっきのナツの笑顔もよかったけど、やっぱり優のそれは俺の鼓動をより高めるものだった。

カシャッ！　ジジーッ！

奇妙な音にはっとし、その方向を見つめる。

なんとハルが、インスタントカメラ「シャキ」で、俺たちのことを撮影しているではないかっ！

そして出来上がった写真は、暗い屋外での撮影にもかかわらず露出がバッチリで、俺が優に見とれている様子が鮮明に映し出されていた。

優を除く全員から冷やかされ、俺は赤面した。

「まあまあ、せっかくの記念ですから、優と拓也様が一緒に花火を楽しんでいるところ、きちんと撮りましょう」

そう凜さんに勧められ、優も賛成してくれたので、一緒に撮影することにした。

二人並んで線香花火を持つ俺と、優。

「さあ、もっと肩をくっつけて。表情が硬いわよ、もっと笑顔で。こっち向いて……」

カシャッ！

……凜さんが撮影してくれたその一枚は、まさに俺の人生の中でベストショットだった。

翌日、現代の早朝。

その二枚の写真を、俺は自分の部屋の机の上に並べ、ずっと眺めていた。

朝食に呼ばれたときもそのままにしており……そして妹に見つかった。

母親と妹に
「こんなかわいい彼女ができたなんて」

と冷やかされ、問いただされる俺。

まあ、着物を着て肩をくっつけて、線香花火を一緒に楽しそうにしている写真を見たら誰だってそう思うだろう。

ちょっとミエもあり、「彼女」という言葉を否定も肯定もしない。

「お兄ちゃん、いつから付き合ってるの？」

「付き合ってるっていうか……知り合ったのは、十日ぐらい前、かな」

「どのぐらいの頻度で会ってるの？」

「えっと……ほぼ毎日」

「まあ。夏休みだからってずっと家にいないと思ったら、こういうことだったのねっ」

母は、ちょっと嬉しそうだ。

他にも、これってどこの夏祭り、とか、「どこまで進展しているの？」とか、ませた妹はいろいろ聞いてきた。

ちなみに、妹は十四歳。こういうのに興味のある年頃だ。

「一緒にお風呂に入った」などとは言えるわけもなく……俺は適当にごまかしておいた。

けど、まあ、正直言うと、悪い気分ではなかった。

それでも、心から喜べたわけではない。

まだ彼女たちを救えるだけの金額は、到底稼げていなかったのだ——。

あとがき

はじめまして。『身売りっ娘　俺がまとめて面倒見ますっ！』作者のエールです。

このたびは、本書を手に取っていただきまして、誠にありがとうございます！

先にあとがきから読むタイプの方のために、ネタバレにならない程度に内容を説明させていただきますと、タイトルからご想像できるとおり、和風の少女たちがたくさん登場するハーレムもの、ということになります（正確には、江戸時代の、身売りされそうになっていた少女たちです）。

しかし、主人公の拓也は、最初からそれを期待していたわけではありません。

彼は、驚くほど普通の、現代の日本に在住する男子高校生です。

異世界転生したわけでもなく、剣も魔法も超能力も使えません。

棚ぼた式に、制限のある「時空間移動能力」を身につけただけなのです。

それでもすごいじゃないか、と思われるかもしれませんが、実はそれだけなら、おそらく彼はこれほど少女たちに慕われることはなかったのではないでしょうか。

彼のもう一つの特徴……普段は温厚だが、「困っている人（特に年頃の少女）たちを見かけたら、黙って見てはいられない！」という熱い性格が、数々の波乱を巻き起こし、そして少女たちを惹き付けていきます。

とはいえ、時空の神様は時に意地悪で、幾多の試練に見舞われることになるのですが……。困難に押し潰されそうになりながらも懸命に立ち向かう彼は、ひょっとしたら少年時代の私がなり得なかった理想の人物として、私の中に降りてきてくれたのかもしれません。

そんな彼の熱い想いと少女たちの眼差しを感じていただけましたら、作者として望外の喜びです。

最後になりましたが、お忙しい中何度も根気よくご連絡くださった担当編集者様、素敵なイラストを作成してくださいました幸餅きなこ様、そしてWEB小説として掲載時に数々の励ましを送ってくださいました全ての読者様に御礼申し上げます。ありがとうございました！

※身売り、妾などの語を使用していますが、物語世界のための表現で、女性を蔑視する意図はありませんので、悪しからずご了承いただけますようお願い申し上げます。

二〇一九年五月　　　　　　エール

MAGNET MACROLINK
MMB06-01

身売りっ娘
俺がまとめて面倒見ますっ!

2019年7月3日　初版発行

著　者　エール

発行者　西野 旭
発行所　UDリバース株式会社
〒110-0015
東京都台東区東上野1丁目8 オーイズミ東上野ビル東館9F
TEL/03-6875-1656

発　売　サンクチュアリ出版
〒113-0023
東京都文京区向丘 2-14-9
TEL/03-5834-2507
FAX/03-5834-2508

印刷・製本　大日本印刷株式会社
カバーデザイン・装丁　株式会社ビィピィ
編集協力　説話社

ISBN978-4-8014-9308-7　C0076

本書に対するご意見、ご感想をお寄せください。
Mail : henshuubu@magnet-novels.com

サイトに寄せられた本作品Web版へのコメントを紹介!

広田こお さま

身売りっ娘と主人公がイケナイ関係にいつかなることを夢見て読んでいます。
(おぃ　応援してます。

白石マサル さま

凄く面白くてヒロイン達がカワイイです。
応援してます(*^▽^*)

あわ☆さくら さま

なかなかキュンとするも切なくなる描写が心惹かれる作品と思いました。

qqqq9999 さま

この作品、やっぱり書籍化、コミカライズ化されて欲しい!!!
異世界を行き来する物語は幾つもあるけど、時代の行き来はないですから。

魚竜の人 さま

窮地からの脱出といいトラブルといい盛り上がりますね。
さらに随所に出る時代背景といい楽しめています。

応援コメント!
ありがとう
ございます!

2019年8月発売予定

魔法少女カスミナールと下僕になった不死身の剣士

MAGNET MACROLINK BLUE

著 超新星　小石／イラスト YAGO

きゅぴーん！　私、牧村カスミ！　キラキラの高校二年生☆
魔法少女の私は、突然異世界に召喚されて、あなたは勇者なんだってイケメンの剣士さんに言われたの！　でも、勇者ってなにをすればいいの？　え？　世界征服を目論む魔王を倒す？　ええ～⁉　どうしよう～私、本当は世界を滅ぼす【邪神】なのに！
ポップでキュートな血みどろ魔法少女【邪神】の異世界冒険コメディ開幕だよ‼

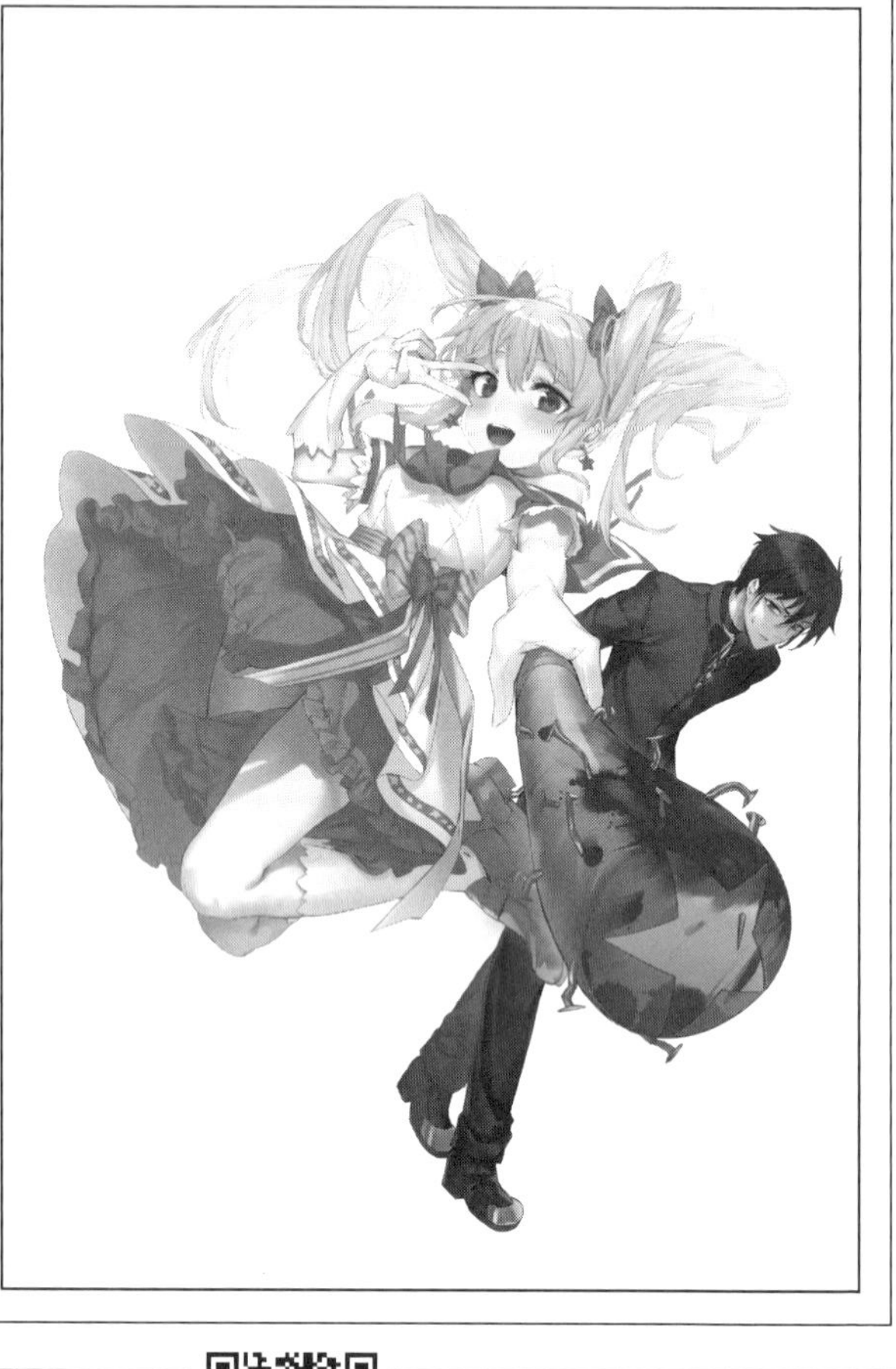

今なら無料で読める！

MAGNET MACROLINK

https://www.magnet-novels.com/app_download/2

書籍購入特典!

書籍ご購入時、同封のしおりに印刷された
11桁のシリアルナンバーを、
専用ビュアーアプリに入力すると、
もれなく書籍購入特典が貰える!

特典1

既刊書籍のアプリ限定公開
SS(ショートストーリー)の中から一種類選べるよ!

特典2

Webサイトやアプリで使える
限定スタンプを一種類選べちゃう!

イラスト／菅野紗由

イラスト／Riv

特典3

アプリ専用福引券が手に入る!

アプリでしか手に入らない
バーチャルイラストカードを
ゲットする大チャンスです!

さらに、しおりの吹き出しにコメントや
感想などを記入した写真をTwitterにあげると、
レアなプレゼントが貰えるかも!
詳しくはWebサイト特設ページにてご確認ください!
https://m.magnet-novels.com/publication_event_1907

※画像はイメージです。

※電子書籍は対象外となります